처음으로 가는 연습

처음으로 가는 연습
문문자 시집

초판 인쇄 2020년 05월 15일
초판 발행 2020년 05월 20일

지은이 문문자
펴낸이 신현운
펴낸곳 연인M&B
기 획 여인화
디자인 이희정
마케팅 박한동
홍 보 정연순
등 록 2000년 3월 7일 제2-3037호
주 소 05052 서울특별시 광진구 자양로 56(자양동 680-25) 2층
전 화 (02)455-3987 팩스 (02)3437-5975
홈주소 www.yeoninmb.co.kr
이메일 yeonin7@hanmail.net

값 11,000원

ⓒ 문문자 2020 Printed in Korea

ISBN 978-89-6253-485-5 03810

처음으로 가는 연습

문문자 시집

망태꽃 아래 가지만 남고
애타던 봄날은 꽃잎따라 떠나갔지만
사랑이 가고 오는 봄은 처음이라 부른다

연인M&B

시간의 속도는 몇 km일까? 분명한 건 나는 지금 과속을 하고 있다는 것. 그런데도 누군가는 또 나를 추월하고 있다는 것. 종점이 가까울수록 달려온 시간에 후회는 깊고 자신도 모르게 지나친 작은 정거장의 기억을 애써 더듬는다. 사는 게 결과가 아니라 과정이란 걸 모르는 사람들이 있을까? 하지만….

몇 년 전 첫 시집 「지슴들도 사랑하면 연리지가 될 거야」를 내며 마치 민낯을 보인 듯 부끄러워 그저 일기장을 들췄을 정도라 하면서도 태연한 척 화장은 점점 짙어져 갔고 익을수록 깊어지는 주름엔 나름 세상에 대한 용기, 사랑에 대한 확신, 가족에 대한 열정으로 채우리라 다짐을 하면 나도 모르게 가슴펜이 만직여졌다.

1. '사랑, 그 향기로 몸을 씻고 꽃춤을 추다' 편에서는 그리움과 행복을 안고서 이제는 영원한 약속을 다짐하고 있고, 2. '시골의 꼬부랑길엔 슬픈 낭만의 기타줄이 운다' 편엔 시골의 낭만 속에 숨은 어머니, 아버지에 대한 향수 그리고 농사일의 고단함과 자연에의 순응을 노래했고, 3. '여심은 시심에 묻혀 나의 이유를

외치다' 편엔 중년의 여인이 되어 몸과 마음을 다스리고 힘든 일상을 이겨 내고자 자신을 수없이 토닥였고, 4. '가족은 별이 되어 가슴속 주머니를 채운다' 편엔 언제나 힘이 되고 용기를 주는 가족에 대한 애정과 어머니, 아버지에 대한 연민을 되뇌어 봤으며, 5. '희망을 위해 어둠은 기도하고 있었다' 편엔 아직은 결코 시들지 않은 심신에 대한 격려와 그리고 또다시 시작을 두려워하지 말고 내일을 반기며 즐기라는 메시지를 다짐하고 있다.

'처음으로 가는 연습', 벌써 먼길을 꼬부라져 왔으면 어떠한가? 찬 바다에 사는 고래는 분만을 위해 또는 묵은 각질을 벗기 위해 적도의 더운 바다를 찾아 수천만리 길을 떠났다가 또 돌아오기를 반복한다.

살아가는 게 숙명이라면, 굽은 인생길에 후회와 미련을 버리고 다시 처음으로 가는 연습을 하자. 꿈도 사랑도 처음의 시작이라면 얼마나 설레이겠는가? 행여, 사랑 앞에 흔들리고 가족 앞에 망설이는 사람이 있다면, 또는 삶의 무게에 눌려 힘들어 허덕이는 이가 있다면… 나의 작은 마음들이 위로가 되고 용기가 되기를 희망해 본다.

2020년 봄이 가득한 날
문문자

| 차례 |

2

시골의 꼬부랑길엔
슬픈 낭만의 기타줄이 운다

4

가족은 별이 되어

가슴속 주머니를 채운다

사랑, 그 향기로 몸을 씻고
꽃춤을 추다

로즈데이

사랑의 맹세로 분홍빛 향기 물든
행복과 사랑과 정열의
한 잎 한 잎에 생명을 나누며
로즈데이를 열다

나뭇잎 모양의 초콜릿을 건네기까지
바위를 들어 옮기는 용기가 필요했으리라
잠들 수 없었던 한 달이
새싹 뾰족이는 들판 달리는 바람 아래 펄럭이다
빨간 장미 한 다발로 돌아왔다

하얀 장미 순결로
두려움도 잊은 채 덜렁 잡은 손
노란 장미 질투와 시기 속에
흔들리고 바래도
빨간 장미의 정열은
가시가 남긴 핏물 언약이 되고
행복의 색을 품은
분홍 장미 모습으로 기대어
기적의 이름을 가진
파란 장미의 사랑을 동경하며
익숙한 심장이 되었다.

발자국

부르지 않았지만
어디에선가
깊은 약속에 대답을 놓고
슬픈 바람에 묻혀진다

하얗게 울다가 돌아서는
어설픈 이름이다

수없이 밟히는 시간
깊이를 찾을 수 없이 단단해진 주름에
잠잠한 몇 개의 미소

닳은 발자국으로 걷는다

네 모습이 이러하다
파란 눈의 바닷바람이 일러준다
파도는 갑자기 지우고
바람이 천천히 심은 발자국에서
내 발톱이 반짝인다.

겨울연가

이미 그의 세상에
하얀 빨래가 내어 걸렸다

칼날 되어 문풍지를 뚫는 동장군과
오래된 뼈마디에 숨어드는
못된 바람의 기억 비웃으며
식은 가슴 덮어 주는
차가운 이불이 되었다

아직 나의 세상은
1월의 첫 아침을 밝히던
붉고 찬 태양의 빛이다
집 없는 별들이 추위에 떨고 있는데
지쳐 우는 눈물이 얼었다고
희미한 가로등 빛을 따라
너에게 나를 속삭인다

이젠 눈으로 쌓였다가
녹기도 아까운 시간

검붉은 아침 꽁꽁 여미며
올 수 없는 시간에 대한 후회를 밟기로 했다
새벽의 지붕이 더 차가움을 새들은 안다
겨울밤 낯선 별들의 발소리에
깃털에 번지는 성애 덩어리 털며 체온 지키려
찬 입술의 입맞춤을 듣는다
여민 가슴을 열고
그를 들여놓기로 했다.

별

긴 터널 지나 깜박이는 눈동자가 처연하다
사랑의 시계가 고장나서 잃었던 시간을
오늘밤엔 보상받을 생각한다

아침이면 태양의 뜨거운 질투에
또 다른 날은 구름의 심술에
웃는 날 만큼 슬픈 날도 있었다

별이 지구 반대편 일에 바쁘면
늘 또 이렇게 노래한다
그립다 별, 보고 싶다 별

나의 걸음은 후회하지 않는다
단지, 이 밤을 마지막처럼 빛나는 너를
내 속에 심은 것이다

사랑한다 별
오늘밤은 내 심장의 창을 열고
밤이라도 새워야 할까 보다.

눈물비^(哀雨)

하늘이 우는 것도 새별을 맞기 위함이다
눈물 하얀 꽃이 세상을 적신다

떠난다는 인사도 잊은 채
열 손가락으로 감당할 수 없는 슬픔 남겨 두고
어찌 눈물비 되어 하늘 계단을 헤고 있는가

검은 우산에 숨어 울음 참는 눈빛이 붉다
말 나오지 않는 목으로
돌아앉은 벽은 얼마나 원통한가
슬프다 남겨진 내 전부의 그대는
온 세상의 빗물들이 눈물 되어 홍수가 인다
내어 뿜을 기력 없이 검게 변해 버린 눈물에 갇혀
그대 떠난 빗줄기 하늘만 본다

수선화 삶의 전부인 그대
이승의 꽃 지기도 전에
도시락 들지도 못하고 떠나갔는가
눈물 되어 산산히 흩어진 그대

울고 또 울어라 한없이 쏟아져라
그대 없는 세상일랑 지워 버려라.

* 비 내리는 아침 하늘로 부군을 떠나보낸 친구의 손을 잡다.

라벤더

연보랏빛 미소가 날개를 접고
푸른 듯 흰 찻잔에 앉으면
그리운 향기 모락모락
하루를 피워 내고

봄 햇살 고이 숨겨
지친 영혼에 내리더니
목줄을 따라 흘러
시린 심장을 데운다

성난 핏줄기 토닥여
허리춤에 감춘 욕심 빼앗아 녹인다
풀린 육신의 나사 조이고
헝클어진 영혼 빗질하는 손이
고요함을 연주한다

촉촉이 봄비 맞은 새싹은
스스로 한 세계를 부수고 나와
가슴속 정원을 깨우고 너에게 나를 녹인다

잠들어 가는 나에게
깨어나라 구름을 뿜는다.

액자

무심코 고개 돌리면
웃고 선 당신의 목소리가 어깨를 잡는다

보고 싶어 이름 부르면
달려와 포옹하는 풍경이 낮게 깔린 날

그리움 가득 남긴 채
영상 속 흐르다 지친 별의 산

봄바람에 떨어지는 꽃잎의 노래는
아니었다는 믿음이 날아오른다

가슴속 액자에 숨어
심장 소리를 외우고
봄비 젖은 촉촉한 마당처럼
그리움 품은 하얀 눈시울

별빛 가득 묻은 액자를 꺼내어
눈물로 닦으면
콩닥이는 심장 줄기 따라
설레이며 다가오는 내 사랑
운명이라는 말이 나무보다 크게 서 있었다.

목련화

꽃샘바람에 피다 놀란
목련꽃 나무 아래 서다

이룰 수 없는 사랑에
검푸른 바다로 몸을 던진 신화 속의 공주
하얀 목련같이 가녀리고 하늘한 마음
북쪽 바다 신을 사랑하며 얼마나 울었을까

자신의 사랑을 지키고자
다시 태어난 슬픈 공주의 꽃
님 계신 곳 바라보려
잎은 북쪽으로만 들고 있다

언뜻, 목련꽃 향기 스쳐
못잊을 아픈 기억에
어설픈 봄바람이 밉다

아직도 목련나무 아래엔
쓸쓸히 줄담배 피며
떠난 님의 뒷모습에 무너지던
고개 숙인 남자가 있다.

카라

카라이고 싶다
순수와 순결의 꽃말처럼 세상의 티 묻지 않은
하얀 치마 두르고 나의 길 가리라 외쳐 본다

연록의 꽃대 위 하얀 송이
곧고 긴 깔대기 닮은 단아한 여인의 자존심
카라를 동경하며 나의 모습 그린다

여자이고 싶다
순결의 요정이 원한 내게 순백의 꽃이 되고 싶다
때 묻지 않는 하얀 사랑으로
당신의 카라가 되리라.

프리지어

사랑하면 순진해지는 것
입으로 말하지 않아도
몸으로 표현하지 않아도
변함없는 사랑 앞에
그립다 보고 싶다 사랑한다
꼭 말해야 하냐고 남자는 묻는다

사랑하면 천진난만해지는 것
사랑한다 말을 듣고 싶고
사랑의 표현을 느끼고 싶고
그립다 보고 싶다 사랑한다
말해 주길 바라는
또 확인하고 싶어하는 여자는 기다린다

프리지어는
순진하고 천진난만의 꽃말을 가진
겨울에 숨어 핀 봄이다
초록빛 망울에 갇힌
수줍은 남자는
노란 꽃잎으로 행복 안은
여자의 미소에 취한다.

사랑은 첫눈처럼

사랑은 첫눈처럼
설레며 다가온다

거친 세상을 하얗게 덮고
상처 익은 가슴에 앉는다

아침이면
하얀 눈 위에
욕망의 몸부림은 발자국을 찍고
순수한 사랑은
오해의 늪에 허덕이듯 상처를 그린다

첫눈의 기억을 들고
설레던 첫사랑을 잊고…

첫눈을 동경하다
다시 눈이 내려 상처를 덮을 때면
드디어 따스해진다
첫눈을 기억하고
가슴은 더욱 뜨거워진다

사랑은 첫눈처럼 언제나 설렌다.

구절초 연가

가을비 구성지게 부서지는 날
구절초 창가에 앉아 흔들리는 화분이 되어라
하얗게 유리창에 부딪히는 그리운 소리 모아
내 사랑의 낡은 노래를 뿌린다

가을비 내리는 날
지친 낙엽 위를 비와 같이 걷는다
지난여름 푸른 추억은
거리를 떠도는 첼로의 낡은 음률을 타고
그대 골목에 찾아가
나직하게 구르는 노래의 싹을 키운다

가을비 내리는 날에
구절초는
슬픈 떠남의 노래를 눈물에 담는다
마르지 않는 가슴의 눈물은
빗소리 구름 소리에 실어 보내고
남들처럼 우리의 이별은 없다는 믿음이
붉은 보석으로 깨어져 색을 잃었다

가을비 세상 적시면
마음속 풀꽃의 이름 부른다
활짝 편 우산으로 하늘을 가리자
검회색 고독은
굵고 긴 빗금이 무서워 떨지만
나 그대 풀꽃의 곁에 서 있다

그대와 나 사이에 풀꽃의 노래가 번진다
젖은 가슴 열어 내 첼로의 굵직한 잎을 품으면
아직 뜨거운 내 피들이
특압의 전기를 타고 몰려가
그대의 식은 가슴에 나만의 불을 지피리라

가을비, 내리는 날에….

가을 사랑

가을이면
높고 파란 마음이 그리는
미소를 사랑합니다

하나의 꾸밈 주지 않아도
오색으로 변하는 들판에서
순수의 찬란함을 기다립니다

세상 뜨거운 지붕
여름날 풀벌레 소리 자지러지는
누이의 분홍 저고리를 흠뻑 적셨던
갈색 물감의 냄새 떠나고
희미하게 남은 그대 향기에 취합니다

때론 도도한 주먹을 쥐고
수많은 들꽃 속에 숨어서도
바람결에 향기 실어 보내는
키 낮은 산국처럼
그윽한 눈빛을 동경합니다
기다림의 푸른 날 지나 찬서리 내리고
서걱서걱 얼음 꽃 밟고
꺾이고 숨 죽어 시든 갈색 꽃잎이 되어도
내 생에 가장 아름다운 당신 모습

가을에는 잎도 꽃이 된답니다.

기억의 지층

거친 피부에 속아
푸른 바다는 하늘로 가고
갈매기는 구름의 춤을 배워
기억의 지층을 하나씩 넘기고 있다

가을을 마시다 취하기도 했다
해송의 뾰족한 입술 깨물고
아쉬울 것 하나도 없는 풀잎 구겨진
방파제 위를 서성인다

잿빛 바람의 깃을 세우고
뜻 모를 팝송 오른 다리에 걸터앉으면
골목의 모퉁이로 떠난 인연을
노래하는 솔바람이 있다

다시 가을은 왔는데
지난 번 그 바람은
갈대숲에 잠이 들었나 보다.

불사의 꽃을 사랑하다

하얀 백합에 싸여
티 없이 살려는 착각에 쉬이 다 내어 주고
퍼주고 되돌려 주니 손엔 주름만 자글하다

돌아보니 질경이 인생이었다
밟힐수록 더 강한 용기로
잘릴수록 더 힘껏 고개 들어
폭풍에도 꺾이지 아니했다

이 또한 착각인가
질경이는 한낱 꿈이었나 보다
미풍의 흔듦에도
금방 뽑히고 시들어 여린 잡초로 허덕인다

눈물이
마른 고랑에 홍수를 이루면
다시 일어설 수 있을까
잡을 동아줄은 저만치 먼데
타는 잎줄기마다 매달린 어린아이들
더덕더덕 흙덩이가 무겁다

지습도 사랑하면 연리지가 된다는 말
별이 되어 하늘에 올리고
뽑히고 밟혀 꺾어져도
불사의 질경이가 되리라

하늘이 내려와 땅을 덮어도
한몸 되어 뚫고 일어서는 힘의 사랑
불사의 연리지를 무지개로 올린다.

칠석의 노래

백거이 장한가에 애달프게 읊었느니
후생에 다시 만나 비익조 새가 되고
땅에서 나무가 되면
연리지가 되자네

세상에 영원함이 어딘들 있으랴만
끊어진 사랑으로 맺힌 한 응어리져
찰나도 반갑겠소
님을 품에 안으면

기다린 시간만큼 애절함 쌓였는데
어둑한 하늘 너머 님의 자취 묘연하네
까마귀 오작교 되어
어서 오라 부르니

은하수 가로놓은 억겁의 시간들을
가슴에 묻어놓고 칠월칠석 기다리다
서럽다 눈물비 되어
님의 품에 뿌리소서.

별

기억의 너머
빛나던 추억은 별이 필요하다

검은 구름이 울고
가로등에 빛을 쏟아내는
가냘픈 빛은 별이 아니다

별에게
단 하나의 별이 되고 싶은 것

수많은 별들 속에
나만의 별을 지키리라 다짐하지만
내 곁에 가둘 수 없는 것

어둠의 장막을 걷으면
별을 볼 수가 없다

그저 홀로 빛나는
별에게로 날고만 싶지만

빛을 잃은 별빛에
구름을 탓하고
빗줄기에 흐린 안경을 탓한다.

사랑하고도 외로운 것은

사랑하고도 외로운 것은
그대 마음속에
내가 있지 못함이고

보고 싶어 눈물이 나는 것은
나의 마음속에
그대가 있기 때문

그리워 애타는 마음은
노을 속 걸어가는 바람의 기억도 아닌
여린 마음 흔들리는 풋사랑도 아니라

사랑하고도
죽을만큼 사랑하고도 아픈 가슴은
낯선 타인처럼
옅은 미소만 비치는 쓸쓸한 모습 때문

그대는
울지 않는 태양을 안고 울고

나는
그 태양을 비켜 잠들지 않는 밤을
하얀 외로움으로 걷는다

황금빛 들녘에서
잠든 영혼을 흔들어 깨우고
그리움이라 부르다 지치고마는
내 사랑하는 사람
내가 사랑해야 하는 사람이여.

발렌타인데이

숨소리가 들리면
그저 한마디에 심장이 일어나고
고개 숙인 가슴이 울 때면
침묵의 나는 아프다

살내음에 젖으면
몸짓 하나에 향기가 피어나
가슴속 파장이 일고
천리 달리는 향기가 정겹다

미워도 밉지 않은 사람
좋으면 더 좋아지는 사람

같지 않아도 좋은 사람
다가오면 행복한 사람
품에 안겨서도 보고픈 사람

기억만으로
콩닥콩닥 설레는 사람

같은 하늘을 공유하고
같은 공간에 나누어 서 있는
그대는 나
나는 그대

당신이 있기에
눈물나게 참 좋은 세상.

부부연

바람이 춤추던 들판
풍파는 끊임이 없고
거친 가시 울타리 되어
날 수 없이 옥죄여도

파랑새는 잃은 날개를 찾아
매일 밤 하늘 나는 꿈을 꾼다

붉은 태양과 파란 하늘 아래
자신을 닮은 그림자를 찾고
장미꽃 울타리에 서로 기대어 서서

다시 만난 인연의 핑크빛 물감으로
고난과 시련도
기쁨과 행복도 수를 놓으며

억겁의 시간으로 만난 인연
하나된 연리지 되어
5월의 하늘로 두 팔을 날린다.

검은 약속

태양의 발목이 어둠에 사라져
영원히 아침을 밝히지 못하고
끓는 여름날 햇빛 줄기 사이로
흰 눈이 겨울 되어 내릴 때
이별을 준비해요

지금은
태양과 손잡고 어둠을 비밀의 틈으로 밀어
꽃도 가을도 낯설게 하지 말아요

맑은 하늘에 멀뚱한 구름은
잠시에도 그대 그리는
가슴을 차고 나온 분신이요

부끄러워 얼굴 붉히는 산과 들은
애절한 시간을 멈춰 세우고
고소한 질투의 찬바람 가리웁니다

검은 코스모스 약속이 길을 덮고
갈대의 하얀 표정이 칼날 되어 춤추는 날

그대 품속에 꿈을 재우고
못내 이별을 하렵니다.

2

시골의 꼬부랑길엔
슬픈 낭만의 기타줄이 운다

웃는 이유

혼자서 무얼할꼬
봄 햇살 연주에 한숨만 노래할 뿐
큰 밭이 부르는 손짓도 외면한 채
병약한 몸뚱이 애써 핑계하며
너머집 바쁜 일손조차 마냥 부러워한다

아들네가 어데쯤 올까
골백번 정수리 찍다 흰 머리만 늘고
굽은 허리 휘어진 다리 끌며
오매불망 동구 밖 서성인다

땡볕에 온 가족 소풍이라
한 주를 기다리다 파랗게 애탄 얼굴
흙에 미쳐 텅 빈 밭에 영혼만 심었다
아들 오면 고추 심고
아들 오면 고구마 심고
아들 오면 세상도 심고

나이든 경운기로 작은 산맥 만들고
괭이 허리 펴지도록 굵은 흙덩이 다듬고
가는 흙 보듬어

붉은 고춧골에 검은 비닐 입히고
초록 생명 토닥이며 앉히면
큰 밭에는 지친 평화 찾아오고
당신께선 허리 들어 하늘 본다, 이렇게
한 해가 간다고

'자식들 좀 편히 쉬었다 가야지
어떻게 어머니가 고생만 시키려 하세요.'
그저 물 한 모금에 타 마시고
'그래도 있을 때 이것도 좀, 저것도 좀….'
눈치를 살피다 멋쩍게 웃는다

어머니가 웃는다
따라 웃다 보니 가슴이 아파 또 웃는다.

소 날다

고추 낳는 어머니 같은 땅
붉은 밭에 괭이의 땀 흥건하고
골마다 작은 쟁기가 춤을 춘다

아니아니 어디어디
쟁기 끄는 뿔난 소는
봄 내음에 귀를 막고 펄펄 날아만 간다

이놈의 소야 소야

화려한 무늬로 치장을 하고
도도히도 걸어온 나인데…

송홧가루 앞을 가려
살아온 겨울의 기억 혼미해도
봄 바람이 밀어주고
먼 산 5월의 향기가 당겨 주고

소가 되어 날다
당신의 얼굴에 봄꽃을 피우기 위해
소가 되어 날다.

미련

가을은 붉은 옷을 좋아한다
연노랑 옷을 입었지만
붉은 속옷 땅콩은 부끄럼이 없다
땡볕과 장마를 지난 고구마는
키다리 아저씨 흙에 숨어
붉게 화장을 마친다
푸르게 변치않을 듯 여름은
산속의 단풍으로
길가의 가로수로
앞만 달리던 가슴으로
붉은 낙엽 되어 쌓여진다

가을은 다람쥐도 바쁘게 한다
산도둑이 오기 전에
겨우내 양식을 챙겨야 한다
그저 심심풀이 도토리지만
그들에겐 겨울을 이길 생명인 것을
인간은 늘 자신이 우주인 듯
50억 인간은 50억 지구를 갖고 산다.

청암사

그곳에
처음으로 발길을 놓았다
이제야 가을을 만난 듯하다

순수의 모습은 희미하고
헛점과 구김 투성이에 지친
내 모습을 비웃듯
티 하나 없이 높고 파란 하늘이 있다

얼굴에 오색 단풍이 들어
끝없이 말씀을 쏟으시는
어머니의 신명난 비명소리

숲속의 길에 여유를 밟으며
저마다
먼저 걸었던 인현왕후의 발자국을
어느새 찾고 있었다

하늘과 단풍의 공간에
거대한 우주가 지나간다

그곳에서 숨 쉬고 있다니….

가을은 나를 미치게 한다

하늘 가신 아버지께서
외할매 산소는 송이가 지킨다고
산소를 알지 못했다
송이를 찾을 수 없었다
천산을 헤매다 송이를 찾았다
그리고 산소도 찾았다
고맙고 죄송한 숨소리에
산지기 뱀이 꾸짖는다
놀라 허둥대는 모습이라니
서로 다르지 않았다

송이는 가을을 기다리게 한다
오동통 아기 엉덩이고
번뇌 없는 국화의 미소이고
욕망을 씻어 내는 향수향이다

다람쥐 길은 흐르는 낙엽이 덮고
또다시 가을을 기다리는 미련은
송이 엄마의 손을 놓치고
솔나무 곁으로 미끄러진다.

아저씨

연초록빛으로 한껏 치장한
덩치 큰 아저씨 품에 안겼다
뚱뚱한 몸으로 하늘 품고
그림자 걸음에 역행은 잊은 지 오래

하얀 모자 삐딱 눌러쓰고
낯선 인연에 스스럼없이 손잡아 주며
부끄럼으로 몸 내어 준다

거친 이름과 숨막히는 손길
안길 순 있지만 안을 순 없어
저만치 밀어 두고
돌아섰다 다시 찾는 중독의 품

서러운 손가락 사이
약속의 풀꽃반지 겹겹이 끼워 주며
초록빛 미소가 덩그런 산 아저씨
헝클어진 옷깃 여밀 시간도 없이
다시 기다림의 꽃잎에 불을 붙인다.

춤추는 산

까만 속청을 헤아리다
천근의 고독이 호미 등으로 휘어진 날
산을 오른다

봄 그늘에 숨은 아들딸의 웃음소리에
앉으면 일어설 수 없는
고장난 무릎에 천천한 기름을 치고

풀잎에 기우뚱하는 꼬부랑길이
험하게 굽은 인생길의 한 모퉁이
그림자조차 되리냐만

헝클어진 주름 깊은 골에
초록의 산을 훔쳐 담은 미소로
그저 손짓하며 춤을 추니

이 산 저 산 숨어 있던 그늘이
우우 몰려나와
손등을 타고 천상으로 오른다
새로 나온 우표를 유년의 구름에 붙이고
산은 늘상 기다리는 것만 배웠나 보다.

무지개

소똥 냄새 찌들은 고향 하늘
어머니의 젖가슴 붉은 흙이다
보이지 않는 손길이 파랗게 얹힌다

별들이 노랑 가방 노랑 모자를 쓰고
하늘 한쪽으로 줄 서서 들어서면
쟁기 된 녹슨 허리
자갈밭 방구석에 펼치며
에고, 빗님이 오시려나

빗소리 엄마 품에 숨었다
일곱 빛 저고리 닳을세라 산마루에 고이 걸어 두고
빗방울 부서진 냄새 따라
다시 하늘에 그려진 단발머리의 꿈
천길만길을 달려왔다

희망은 기왓장 조각으로 부서진 지 오래
민들레 날개는 네온사인에 잊혀지고
어머니 저고리도
하얀 콘크리트 숲 그림자로 변했다

빈손 허덕이다 찾은 고향
조팝나무로 활짝 웃으며 고사리, 두릅, 다래순
더 고와진 저고리를 내어 준다

희망은 일곱 색깔 지층으로
봄비 타고 층층이 쌓이는 것이다.

보물찾기

산과 들이 부르고
화려한 봄 날씨가 이끈다
십 리 길을 걷고 이십 리를 헤매도
숨겨 둔 보물은 보이지 않고
숲속 나무들의 조잘거림
새들의 싱거운 농담 소리가 길가에서 다툰다

나무의 가는 가지가 얼굴 할퀴고
종아리에 연초록 팔로 채찍하고
가파른 산은 시험하듯 밀어 자빠뜨리고
이마엔 전사의 문양까지 찍었다
언덕을 넘으면 밝은 바람이 기다린다
이 모퉁이만 지나면 하늘의 선물 가득하리라
미끄러지고 넘어지고 찔리고
붉은 삶에 지친 다리는 또 한 번 만신창이지만
파란 하늘에 구름 노닐 듯
숲속의 요정
마음은 하얀 솜털 되어 떠난다

어렴풋이 인사하는 고사리를 만났다
수줍은 고개 숙여 연보랏빛 자태 뽐내며

반갑다는 미소 머금고
겨울을 뚫고 피어나는 두릅이
지친 표정에 깔깔 웃고 있다
지쳐 사는 내 인생이 묻어 대견하고 애달프다

다리 풀려 사시나무 되고
입술은 추수 끝난 논바닥처럼 갈라져도
고사리, 두릅, 한입버섯, 표고버섯, 영지버섯
한가득 봄 선물은 또다시 나를 부른다
보물을 찾으라 무거운 엉덩이를 든다.

홍시

파란 햇살 빨갛게 이고
힘겹게 흔들리는 신음 소리
소슬바람의 태연한 휘파람이
갈녹 치마폭에 숨어들 때

깨금발로 잡을 수 없는 애절함은
긴 장대에 손을 달고
부끄러운 빨간 엉덩이 살며시 쓰다듬는다

서툰 사랑 놀음에 빠져
철퍼덕 떨어져 널브러지는 놀람
빨간 속살의 투명한 유혹에
저절로 돌아가는 시선을 꽂으니
가지 떠나 끊어진 서러움은 여기까지
양수를 빠져나와 첫 들숨으로 터트려 버렸다

멍들고 갈라진 속살에 달콤한 입술 담그면
밀어내던 야속한 눈빛 잊고
입맞춤을 허락한다
붉은 살결이 입술 녹이고
끈끈히 살아 꿈틀대는 타액은
가슴속 벽을 타고 하나가 된다
하나의 생명이 뿌리를 내리는 일이다.

봄비

구름에 숨어 있는 눈에게 신호를 보낸다
닫혀 있던 눈을 열어 말할 때가 되었다고
숨쉬기 쉽지 않던 시절이
저만큼 가고 있다고

창을 타는 빗방울이 흐릿한 기억을 불러 세우고
그리운 이들
아름다운 추억들
가슴 열어 반기라고 수다 소리 분주하다

숙연히 살자던 내 모습
다시금 부여잡고
이 비 그 위에 태양이 웃는다는 걸 안다

찬란한 봄빛의 잔치에 초대받아
냉이, 돌나물 친구가 깨어 부르는
봄의 고향으로 가자고 손을 잡는다.

미치다

시장을 엎어 놓고
울긋불긋 난전이 열렸다
연노랑 옷을 걸치고 붉은 치마 둘러본다

가뭄과 태풍의 흔적에
멍든 심장의 소리를 지우고자
화려한 장식으로 만국기 펄럭이고
식은 바람으로 화장을 마친다

푸른 소나무의 사랑도 단풍의 향수에 묻혀지고
바람개비를 피해 날리는 낙엽
가로수의 지친 그림자에 숨어 헐떡이더니
채 물들지 못한 사진 되어 퇴근을 서두른다

이맘때면
더 이상 술을 마시지 못하는 시인은
영혼의 안식 찾아 나서고
나이든 청춘은 발자국마다 꽃을 피우려 애쓰고
다람쥐마저 도토리를 찾아 바쁘다

미침의 미학이라는 말에 집중한 적이 있다
형형색색 옷을 입고
오색 신발 구겨진 만큼 생각을 구기기로 했다
하얀 물방울 파란 모자를 쓰고
부르는 소리에 돌아보니
미소 짓는 국화의 오만함과 자신감이
내 어깨에 올라앉아 누르고 있었다

향수병 돌아나오는 서늘한 목소리로 부르는 이름
낙엽은 단발머리 화려한 청춘의 꽃을
깍지 낀 손으로 눌러 숨기며
미치지 못한 부분으로 바스라지는 것이다.

들깨

초여름 땡볕 굵은 줄기 등에 지고
애처로운 모종 심는다
붉은 흙 촉촉이 구름 머금고
고개 숙여 잠들만 하면
흙냄새 품은 노래로 깨워 주어야 했다

어린 아들 초등학교 떠밀고 돌아오듯
여린 바람에 떠는 자식 뒤로하고
돌아보고 또 돌아보고
한평생을 그리 사셨으니

연초록 잎이 나풀나풀 춤출 때면
언제나 자연은 까마득하다
꽃피워 알알이 여물기 전
덜 익은 잎 골라 깻잎도 따야 하는데
비바람은 들깨 종아리를 쓰러뜨린다
순식간에 거칠게 하는 능력이 있나 보다

인생의 푸른 시절 간 곳 없이
평생을 몸바쳐 지켜 온 삼 형제와
늦가을 비에 웅크리고 힘없이 누운 깻단

긴 한숨으로 하늘 보는 어머니
자욱한 노을 머리에 이고
낮은 지붕 아래로 고개 숙이면
고단한 육신은 흥얼흥얼 잠이 든다

하얀 향기 머리에 덮어쓰고
갈가리 패인 탈을 벗지도 않은 채

효도할게요…

자식들의 다짐은 이명 되어 취하고
들릴 듯 말 듯 힘없는 대답에
가슴에 고였던 눈물로
눈가에 쌓인 들깨 먼지를 씻는다
늦은 생을 안은 가을바람이
들깨 줄기의 빈속을 휑하니 훑어간다.

하얀 고추

태양빛으로 뱃속을 채우지 못한
고추의 안타까운 삶이
서리꽃 너머에 빛나고 있다

시한부 외로움을 아는가
산 너머 숨어 손짓하는
찬 서리에 몸은 쪼그라들어
넋을 잃은 듯 흔들린다

보라색 하늘 고추로의 일생도
나름의 의미가 있는 것으로 보고
매달린 햇살 아래 놓인 시간만큼
매움을 갖추기로 한 것이다

모두 다 거둘 순 없는 것
매움이 넘치면 단맛을 품는다
서리의 밤 지샌 고추는
하얀 소복을 입고
가을의 꼬리를 잡지만
늦잠 취한 들판엔
서릿발 칼춤 추는 무희 앞에 부서지는
하얀 소리 그렇게 요란했다.

콩작

유월에 비가 오면
기다렸다는 듯이
올록볼록 골을 타고
세 알 네 알에 마음 한 알 보태서
콩알 넣고 덮는다

예쁘게 싹이 나면
멀리 지켜보던 까투리나
콩새가 날아들어 쪼아 먹을까
허수아비 세우고
운동회 마냥 온밭 가득 망을 씌운다

콩이 제법 자라면
망을 걷고 또 콩을 따라 같이 자란
지슴을 뽑는다
한여름 콩밭 매는 아낙네 모습의 노래가 되고

잎이 무성하면 콩알이 잘 크지 않아
듬성듬성 따내고
따낸 콩잎은 개켜서 반찬도 한다
버릴 게 하나 없다

콩이 무르익어 타는 햇볕에 톡톡 벌어져 튀면
농부의 마음은 애가 타 콩 뽑기에 바쁘고
망을 깔고 한곳에 모은다

콩타작엔 온 가족이 모인다
왱왱 탈곡기 돌아가고
콩을 선별하고
먼지투성이 뽀얗게 온 세상 뒤덮는다

허리 아프고
다리 아프고
해 지는 노을 보며 힘든 하루 되뇌일 때
노란 콩알 한 자루에 행복도 한 자루

콩타작은 행복이다
꾸부정한 어머니
듬직한 아들들
어설픈 며느리
행복을 수확하러 모두 모여 행복이다

일 년 콩농사가
일당밖에 안 된다 투덜
내년 농사는 다른 거 하자고 투덜
그리고
달래며 꼬드기는 어머니

콩작은 힘이 들지만
그만큼 가족애가 쌓인다
내년에도 다음해도 또 콩작을 해야 한다
사랑하는 가족들과….

고구마

1
아직 겨울을 덮고 있는 늦잠의 대지
냄새 고약한 계분을 씌워
어머니처럼 잠을 깨운다

붉은 땅과 거름을 한몸 위해
늙은 경운기 부추기고 달래어
천지라도 뒤엎을 듯 로터리를 하고
곧게, 아니 비뚤거리며
고구마란 한생의 골을 탄다

살아온 길이 그렇듯
골 또한 구부렁하다
다시 탈 수 없는 골이기에
몇 번이고 곧은 직진 다짐해도
인생보다 어려운 골타기였다

후회없이 살아온 길
굽은 골 괭이로 손질하듯
지난 인생길도 손질할 수 있다면
헛웃음으로 위로하는 하루의 햇살
석양 가르는 아지랑이와 저녁 향기로
일기장을 채웠으리라.

2
김천의 황금 시장은
풀 냄새 시골 냄새
북적이는 사투리 향기가 가득하다

어마어마하던 황금 시장
황금도 나이 들어 쪼그라들었다
열두 살 소녀가 쉰이 되었는지
녹색 눈빛으로 애원하는 하얀 노파들 사이에서
700포기 고구마 애기를 데려온다

잡초랑 같이 살 수 없는 들이다
힘이 들 땐 시련에 무서워 떨며
누가 우산이 되어 주길
누가 안식처가 되어 주길 바랐듯
비닐을 씌우고 구멍 뚫어 살아갈 집을 짓는다

부러질 듯 애처로운 줄기 하나하나 집 찾아주고
촉촉이 목 적셔 주며 부드러운 이불로 토닥이고
자식의 무탈을 기원하는 어머니 마음
온 밭 가득 푸르게 펄럭인다.

3

무심한 하늘에 원망을 쏟다
젖 마른 노모 가슴 잡고 통곡한들
하늘은 비 대신 무서운 빛만 뿌린다

대자연 앞에 나약한 어린애는
울어 본들 젖 나올 리 없고
시든 팔뚝 타들어 가는 목마름에
농부는 하루하루 죽어 가는 길이다

오르막을 힘겹게 오른 이는
내리막 즐길 수 있으리라
긴 가뭄 이겨 낸 이는
빗줄기 맞으며 노래할 자격 있다

힘들게 견뎌 준 고구마 줄기는
힘든 시간 잘 이겨 내 준 아들처럼
대견하고 고마운 마음에
단비는 가슴까지 후련하게 적신다

늦은 비에 줄기는 새로운 숲 만들기에 분주하다
화려하게 치장한 사람들도
속은 부실할 수 있듯
줄기 왕성한 고구마는
뿌리에 그 영광 나누지 않는 법
반비례의 법칙을 가르친다
우주 자연은 참 공평하다

한 밭 고랑을 차지한 넝쿨의 집단은
아낙네의 손길을 바쁘게 한다
살 오른 줄기 껍질 까고 삶아 무치면
달지도 쓰지도 않은 삶의 맛이 담기고
소소한 행복에 감사히 살라 하는
입에서 나오는 것도 조심하라는
선한 진리의 향기를 전한다.

4
잡초의 간섭과 방해를 막아 준
예전에 비닐이 이렇듯 믿음직했던가
나도 누군가의 든든한 지붕이었던가

튼실한 고구마를 위해
살은 삭아 녹아나고 이름없이 찢겨져도
시간의 바퀴 돌아
육신은 고장이 나고 숨이 차올라와도
나의 일생이 그럼에도 후회 없듯
한낱 비닐 또한 또 더할 나위 있을까

첫사랑만 설레는 게 아니었다
볼록한 골에 숨은 보물이 기대를 높인다
호미질이 무섭다
행여 다칠까 상하기라도 할까
더듬듯 이불 걷어 내면
자주빛 애기들이 고개 내민다

가을 햇살이 땅의 윤기 바르고 일어서면
파르르 바람의 힘으로 어머니의 손길은

땀 흐른 길에 놓인 눈물덩이 어루만진다
예전보다 수확이 적어도
예전보다 크질 않아도
잘난 자식 못난 자식
전부 업고 왔던 세월인데…

한 알 한 알 차곡히 보석상자 만든다
딸아이 시집보내듯 고구마는
간절한 어머니 눈물이다.

시골 휴가

밭고랑을 지운다
틈 없이 자리잡은 방울토마토

물을 외치다 목줄마저 타 버린
빨갛게 익은 독 품은 상추

초록 고추는
부끄런 몸을 감출 수 없어
발그레 수줍은 소년이 되었다

석양은 타다 남은 태양일 뿐
내일은 또 불씨를 피워야 한다
메밀국수로 하루를 식히며
옥수수와 복숭아로 푸짐하다

태양을 비웃듯 쪽대 들고 냇가로 나선다
다슬기를 줍고 작은 피래미도 줄줄이 데려왔다
천렵은 수십 년이 지나도 언제나 열두 살이다

열대야에 뒤척이다
마을회관 옥상에서 하늘을 만난다

검은 하늘에 빼곡하게 얼굴 내민 사파이어 루비
하나 둘 가슴에 훔치다
바람의 고함에 놀라 더위마저 잊었다

시골은 낭만 만드는
연구소이다.

고추

털털털
밭 구석까지 로터리하여
봉긋봉긋 골 만드는 팔뚝
수백 번의 괭이질로 다듬고 또 다듬고

검은 비닐모자 씌운 후
모종 자리에 아기 고추 세워
가득 물을 주고 보드라운 흙을 골라
정성스레 구멍 메운다

행여 바람 불어 넘어질까
지지대 곧추세워 한 뼘 자랄 때마다
키에 맞춰 몇 번의 줄치기로
튼튼히 보살핀다

눈만 뜨면 밭에 살며 넘어질까 병이 올까
애지중지 보살피며 내 새끼처럼 키웠다
고추가 커 갈수록
붉은 가을 기대에 들뜨고
푸른 모습 달릴 때면
가슴속도 밝은 빛 켜진다

그런데 아아 슬퍼라…
그간 고생은 아랑곳없이
빨갛게 물든 고추마다
온 밭 탄저병이 판을 친다
아까워서 어쩌누
달려 있는 이쁜 고추
따기도 전 다 타 버렸다

고추값이 금값이다
이뻐서 따 보면 한쪽이 타 버렸고
다른 고추 손이 가면 거긴 재가 되었다
그래도 아까워서 조금이라도 건지려고
온 밭을 헤매는 어머니
바구니엔 한탄만 가득하고
아픈 마음, 매운 고추 향에
눈물이 마르질 않는다

서리 내리면 그나마 남은 고추 잃을까 봐
애기 고추 골라 따서
밀가루 묻혀 쪄 말리고
풋고추 따서 삭히고
고춧잎 따서 삶아 말리면

그래라도
겨우네 온 가족 둘러앉은 꽃잎이 된다
아프고 서럽지만 위안을 삼고
적게나마 거둔 고추
이쁘다 고맙다 다듬으며
또다시 자연에 순응하는 참 소박하고 순수한
농심, 어머니…
평생 자식 농사가 이럴까
애타지 않은 것이 없다.

3

여심은 시심에 묻혀
나의 이유를 외치다

52년

새싹 위에 이슬처럼 내려앉아
단지, 생명의 이유로 울음을 터트렸다

반백 년 셀 수 없는 하많은 시간 속에
꽃이 피면 울고 싶고
낙엽 지면 울고 싶어
눈물샘 마를 겨를이 없던 길

외로운 날갯짓 사랑이 차곡히 쌓여
넘치듯 전해 오는 따뜻한 시선에
북받치는 가슴으로 울고 말았던
한없는 감사의 눈물들이
비가 되고 눈이 되어 마른 줄 알았는데

눈가엔 주책없는 이슬 방울이
어느새 붉은 토마토를 안고 있다

하루를 선물로 모자이크하고
축하의 전화와 메시지는
한여름 빛줄기보다 뜨겁게
심곡을 두드려 밝히는 촛불이 된다

여정의 시간에 그림자로 서리라
꽃이 피면 나비가 되고
눈보라 치면 나무가 되리라

향기로운 햇살 가득한
낙원으로의 동행을 꿈꾸며.

바다로 가는 길

하늘길 따라 빗님은
지친 가슴 또 적시려나

울어 메이는 목소리도
그리워 멎은 연정마저도
빗물 장막에 걷다 서성이다

부딪히며 내려온 인연
세월 타고 바다로 흐르련만
나뭇가지에 걸쳐진 미련 두고
쉬어 감을 한탄하네

마른 눈물 이슬로 되었다가
안개 되어 사뿐히 하늘길 오르겠지

태양에 숨어 뜨거운 비 되었다가
하늘길 타고 다시 또 오시겠지

넓고 넓은 큰 강에 내려라
죽어서도 식지 않을 가슴에 내려라
파도 없이 눈물 없이
작은 나뭇잎 타고 바다로 가리라.

국화와 여인

똑 똑 똑
소국의 가을 소풍
노크 소리

작은 얼굴 미소에
여인의 가슴은
톡 톡 톡

콩 콩 콩
설레임 마음 안은
가을 배달부.

길

숲은 덧칠하지 않아도
바람 붓에 녹음은 짙어지고
강물은 반영된 나무 현이 되어
노래하며 잘도 가네

하늘은 구름의 질투에
눈물로 가득하고
마른 대지에는 인고의 생명들
벌거벗고 티끌을 씻는다

저마다 꿈을 쫓는 나그네
쉼 없이 하소연도 사치인 양
험한 매무새 여미지도 못하건만
무엇에 허덕이다 주춤하며
애끓는 욕심만 살찌우나

불의 육신은 식을 줄 모르지만
욕망에 굳은 바위 심장은
깊은 숨 참으며 길을 찾는다

다시 돌아올 수 없는 길
동행 없는 낯선 외로운 길

먼 훗날
숲속길 여정에 잠이 들 때
향기 배인 큰 나무 그늘 되어
새들도 못잊어 다시 찾아오는 길.

나에게

신은
수선화 나비 치마폭에 안겨
꽃보다 우아한 인생 살라고 향기로운 입술 보냈다

신은
선인장 가시에 궁둥이를 기댄 채
거친 시간의 숨가쁨을 그 뒤에 숨겨 두었나 보다

노란 복수초 꽃이 평화를 잃을 때면
피할 수 없는 손가락 마디마디
가시덩굴 붉은 들판에 흰 뼈로 버려질 수 있겠다

세상 가시에 찔린 상처
햇살 찍어 붙이고
가슴속 날 세운 낱말 더미
수선화에 엉겨붙는 연약함을 채찍질한다

아침 햇살 잔소리에
발코니 봄꽃 따라 눈을 떠 보지만
시험과 전쟁만이 우주에 가득하다

분내 향기롭지 않은 여신들의 질투와 싸움에
늙은 미역 줄기 되어 흐트러져도
선인장 힘겹게 선 사막에서 쉰다

오늘도 참
기특하고 수고한 나
토닥토닥 쓰담쓰담
내일의 나를 사랑한다
나의 내일을 사랑하기에 지친 귀갓길이 가볍다.

화장에 대한 별책부록

하루를 새롭게 산다, 어제의 힘든 모습 잊고
숨은그림찾기에 숨은 얼굴 찾는다

밝은 태양을 맞으러 색조의 마술 부리면
거친 대지는 화사한 빛에 생명의 풀잎을 얹고
자존심의 수술마저 뺀는다

까닭 없이 슬픈 날엔 장미빛 입술을 깨무리라
미련의 강한 스킨을 뿌리고
내 모습마저 잊을 만한 짙은 화장으로 세상 맞으리
예쁨을 뿜어내던 지난봄의 향수를
깊이 심는 시간이 된 것이다

변하는 건 바뀌는 게 아니다
마음의 오색 빛을 도화지 얼굴에 그려 내듯
화장하는 여신의 모습은 결국 무죄이다
영원한 삶을 위해
꽃잎 한 장 한 장 풀어 말리기로 했다

가꾸지 않는 여인은 일구지 않은 야산이다
비탈밭이라도 보다듬고 토닥여
낙엽 썩은 흙 깊이 갈아 달빛 향기 스미면
부드러운 대지 위에 만 가지 꽃을 피워 낸다.

꽃샘추위

봄놀이에 빠진 갓 눈뜬 아기 꽃잎
모질게 떼어 낸 찬바람
어느새 겨드랑이에 스며들어 아프다

꽃잎이야
또다시 새잎을 피우면 그만이지만
오십 년 삶에 헝클어진 아픔은
자꾸만 시들시들하게 만든다

꽃과 함께 웃는 날이 있다
지는 꽃에 애달파하기도 했지만
병약에 허덕이는 약한 몸뚱아리

꽃잎으로 흩어져도 웃으리라
노을로 산에 걸려 즐기리라
골백번을 외쳐 본들
찬바람에 여미는 옷깃은 얇기만 하고
대지를 밟고 달려오는 기침 소리에
또 한 번 자지러진다.

가을 나이 즈음

해 진 언덕에 외발로 서서
겨울 오는 골목 어둠이 울고 있다
철없는 아침은 노을의 빛을 알지 못한다
배고픔에 허덕여도 갈증의 끝을 모른다

검붉은 길가에 쪼그리고 앉아
회색빛 세상을 지켜보는 것도 한 방법이다

눈물을 쏟을 듯한 하늘의 눈망울을 피해 보지만…
가을의 첼로 소리는 희미해지고
이른 저녁의 골목길이 붉게 익어 간다
들판은 자신의 빛깔에 놀라 출렁이고
내 팔은 비 맞은 구절초 되어
가을의 끝을 잃어버린 채 말라 간다

푸른 숲으로 돌아오는 새소리가 노을에 잠겨
메아리로 완성되는 순간 거친 바람이 인다
꿈도 사랑도 토해 놓고 겨울로 가야 한다고

해 진 언덕에 외발로 서서
하얀 아침을 쪼고 있는 입 뾰족한 가을

붉은 저녁에 슬퍼하던
태양의 눈물이 보는 이 없는 보석으로 아련하다

가을 지나 겨울로 가는 길
겨울 지나 가을로 가는 길이다
붉은 저녁놀이 어깨를 토닥이고
웃으며 재촉하는 뜨거운 입김에
눈물이 찐득하게 끓으면
나이가 녹는 것도 보이는 때가 되었다.

쉼

정신의 동아줄을 잡고
운명이란 이름으로 허덕인다

놓으면 흐트러질까?

잠시라도 깊이 떨어져
머릿속은 하얗게 비우고
매몰찬 겨울비를 입고
누군가에 쓰러지고 싶다

보상이란 애당초 사치런가
단지, 위로와 격려로
따뜻하게 나를 데워 줄
사랑의 가족이 그립다

품속에 단잠을 즐기다
늦은 걸음으로 일어나면
또 나를 기다리고 있겠지
나의 끝없는 욕망과 운명들이

지금은 모두 놓은 시간
나에게 쉼을 허락하는 시간
겨울의 품속에
봄으로 가슴이 핀다.

낙엽비

여름날 푸른 생각은 가을옷 갈아입고
낡은 의식의 빗방울 되어
세상의 춤으로 퍼져 나간다

젊은 날의 청춘은 사랑의 탈을 벗고
침묵으로 떠나는 낙타가 되어
조각조각 흩어져 떠난다
짙은 가을빛 안으며 낙엽비 소리에 운다

떨어지는 낙엽 한 장 한 장
저마다의 자취를 가지고 있다
숨어지는 인생사도 그렇게 빛날 수 있다

세월은 뫼비우스의 띠처럼
가고 또 가지만
낙엽비 떠나고 추억도 떠나는 것이다
그렇게 사라지기에 아름다운 것이다.

가을이 온다

노란 국화 익은 길 물결로 그려지고
잠자리 날다 조는 들판이 출렁인다
어느새 가을이란다
먼 하늘이 말해 주네

무덥고 힘든 시간 지나면 그만인데
다시는 갈 수 없네 내 젊은 청춘 시절
가을은 어서 오라고
유혹하며 부르네

장미빛 꿈을 꾸던 소설 속 하많은 날
해 지는 가을 되니 보기만도 물이 들고
그대가 왔다 갈수록
내 인생이 가을이네.

코스모스 1

하늘하늘
연초록 물결 치마도
하늘까지 오를 준비를 마쳤다

가슴 노리개의 붉은 소리
구름 계단을 걷는다
하얀 치마는 순결을
연분홍 저고리의 순정을
빨간 소매는 순애를
여덟 폭 치마로 설렘이 분다

노랑 첫사랑 숨기지 못하고
부끄러운 듯
고개 흔들며 웃고 있다

바람은 유년의 하굣길을 이리저리 흔들고
단발머리 소녀의 가녀린 얼굴은
어느덧 숙녀의 눈빛으로
도도함을 잡는다

나비의 가슴에서 눈 뜬 동경은
시간의 태엽을 풀며 흐르고
만질 듯 터질 듯
까까머리 소년의 수줍음으로 날갯짓한다.

코스모스 2

키 작은 말라깽이로
태양을 태우는 불밭 견디고
한아름의 고목을 넘기고 웃는
몹쓸 폭풍우도 피해 섰다

내 자식의 줄기보다 가늘한 허리로
새로울 것 없는 해 아래 선다
자랑하고 싶은 것 다 풀어놓고
숨겨진 속살 한 마디 없이
흔들리는 본분을 다하고 섰다

가을 앞에 서기는 저나 나나 같지만
아직 붉은 꽃 열지 못한 채
부러운 눈길로 너를 응시한다

스산한 바람의 농담에도
까르르 웃고 마는 소녀의 뒷모습이
내 그림자에 엎혀 흔들리는데
꽃잎 떨어진 지 오래인 정수리는
뾰족한 생각 한 웅큼
찔리면서도 지키고 있다

가을이 가고 봄이 울먹이면
내 꽃잎의 주름은 더욱더 피겠지만
활짝 웃는 네 모습 네 빛깔이 아쉽다
세상에 영원한 것이 있을까…

한껏 아름다움을 피우던
꽃봉오리의 추억과
겁없이 세상을 사랑하던
내 청춘의 일기장뿐….

별 의미

구름이 석양의 낱말에 붉은 기와를 올리면
빛의 씨앗 뿌린 하늘은
푸른 어둠의 마굿간을 찾아 별을 낳는다

산골 들마루에 누워 두 손으로 하늘 가리고
나이든 소녀는 졸음마저 숨겼다
윤동주좌, 한용운좌, 김춘수좌
별 이름을 짓다 살풋 잠이 들면
긴 꼬리 유성은 시인을 담아
열세 살 가슴속을 떠다닌다

어둠, 그 속에서 자라는 별 하나
단지, 의미 없는 수많은 점일 뿐
안아 줄 수 없고
손잡을 수 없는 의미는
별도 꽃도 사랑도 아닌 것을
아침 햇살에 잃어버리고 울었다
구름에 숨어 어둠으로 떠나는 것에
별의 씨앗을 뿌리는 것도 의미가 있다

거울 속의 비겁함은
찬란한 무지개마저 지우는 것이다
밝은 태양으로 그림자를 세우면
나 볼 수 없는 그곳에서
나의 의미는
그저, 어둠을 떠날 수 없는 별의 가지였다.

목마름

파도는 바다를 감추기 위해 저리 애쓰고 있다
섬들은 파도를 불러
멈춰선 꽃의 날갯짓을 수없이 움켜쥐었다
너저분한 내 안의 고름이 부끄럽다
힘껏 내뱉는 바다의 위엄 앞에
겉치장에 속아 썩고 있는 위선들은
한낱 조가비만도 못한 것을

한껏 움츠린 어깨가 무겁다
무거운 어깨를 다시 추스렸다
넋 없는 인간의 삶을 위해
역사의 고함소리가 몽돌 사이에 남아
내 안의 곪은 상처 무찌르고 있다

피랑의 마을에서 떨어졌다
욕망 내려놓지 못한 육신은 힘겨이 오르는데
근심의 왼쪽 가슴 아래는 피랑으로 굴렀다
손 내밀던 낯선 꽃댕강의 슬픈 눈빛
그에게서 나의 심장을 보았다

송곳 위에 서서 시를 마셨다
선인들의 시를 가슴으로 채색하며
한 장 한 장 머리를 채웠다
벗고 선 부끄러움을 숨기려
시어에 굶주린 아귀는 정신없이 먹었지만
관자노리는 늘 고팠다

짠 바닷물을 연거푸 마셔도
육신이 너무 가볍다는 걸 느낀다
목마름은 쉴 새 없이 시를 빛나게 하지만
좌심실 우심방 다 둘러봐도
네 안에 내 이름 적을 곳을 찾지 못했다.

* 통영에서.

문향(文香)을 찾아서

문향골 집값은 푸름으로 계산해야 했다
두들마을 곳곳 시상의 흔적이 살아 꿈틀거리고
뜨내기들 저마다 시인 된 듯
값싼 생각 부스러기를 그려 놓는다
쉴 새 없이 읊조리는 새들이 한몫
땅값 들썩일 생각은 전혀 없다
주실마을 지키는 옛 시인의 평온함이 함박꽃 피우고
꽹과리 소리 징소리 휘감은 일월산
흐르는 황씨부인 치마폭 적신 먹물이
시끄럽지 않았다

외씨버선길, 선녀탕, 황씨부인당
아린 전설로 숙연해진 마음은 어느새
하얗게 핀 운무를 머리에 두르고서
큰 들숨 전하는 일월산에 숨겨지고
어김없는 해넘이는 하루 일기에 분답다

단지, 한 가지 색을 입고 분칠하고
한 가지 빛만 찾아 떠난 인생 배움길
같은 그림자로 그 빛에 의지하고
가슴 맞댄 동행이다
진초록의 문인 향이 묻어
그대로 인한 나의 그늘이 아닌
나로 인한 그대의 빛이길 기도한다.

나무처럼

꽃들은 다른 꽃을 질투로 살아갈까
꽃 없는 잡초들도 제 자태 좋을진데
우리는 속내는 넣고
겉만 보고 살더라

열매는 익어 가며 옆나무 부러워할까
세월이 지나 보면 내 열매 익을진데
우리네 성급한 심사
애만 타며 살더라

나무는 키 작다고 큰 나무 욕을 할까
나보다 작은 나무 내 그늘 탓할진데
우리도 나무들처럼
초연하게 사세나.

망초꽃

난 망초꽃을 젤 좋아해요
왜 하필 망초꽃이냐면
나를 닮았어요

망초야 넌 왜 하필 망초냐
보살펴 주지 않아도
어느 곳에 가도
순수한 한결같은 맘으로
모두에게 방긋 웃는 너

이제부터 좋아하지마
그 꽃은 번식력이 강해
농사를 망친다 해서
그래서 망초꽃이야

그런대도 밀어내려 해도
자꾸만 가련하고 예쁘고
더 가까이 다가오는 너
순수한 네가 난 좋다

언제 어디서나
이맘때쯤이면
널 볼 수 있어 참 좋다
누가 널 비난하고 욕해도
나를 닮아 꿋꿋한
네가 난 참 좋다.

꽃차

꽃이 피면
꽃이 웃으면
너무나 이쁘다
한 시절 잠깐일지라도

꽃이 지면
꽃잎이 떨어지면
너무나 쓸쓸하다
다시 필 언약만 남기고

떨어진 꽃잎
버려진 꽃잎
화려한 추억들 모아
정성스레 다독여 말려서

누군가 그리울 때
살포시 물에 띄워
향기로움으로
눈 속 가득 아름다움으로
그리고 가슴으로 마신다

꽃차는
행복하고 싶을 때
사랑이 그리울 때
마지막 잎까지 녹여서
내 안의 행복을 깨운다.

당신의 생일

오늘은 세상에서 제일로 행복한 날
첫울음 터트리며 사랑되어 오시었던
당신의 소중한 탄생
축복으로 반기며

새들은 지지배배 꽃들도 하늘하늘
모두가 하나 되어 축하의 몸짓으로
오로지 당신의 생일
축하 노래 부르네

하늘 위 태양보다 밤하늘 별들보다
빛나고 아름다운 보석 같은 모습으로
언제나 다정을 안고
사랑으로 남으리

얼마나 아름답고 얼마나 소중한가
그 누구 사랑인들 대신할 순 없으니
당신의 신비한 기적
나에게로 오셨네.

휴식

투명한 뇌로 시간을 보내기로 했다
계절도 시간도 망각한 채
단지, 하루의 일기 속에서 최선이 반응할 뿐이다
구두에 올라앉은 먼지가 먼길 따라온 어깨
를 내려놓는다

닫힌 창문을 기어 넘어 들어온
미친 가을은 귓볼을 더듬으며
바람은 불꽃을 취하게 하고 몸은 다시 꽃눈 맹글어
하늘 담는다

휴…
긴 숨소리는 휴식이다
여유를 낳고 하늘에 누워 버렸다

티없이 살았을 것들의 파란 이름 불러본다
수놓인 구름을 동경했다는 말이 가늘게 떨린다
아름다운 나이에 빠진 시간의 물보라 속에
붉어 가는 너를 본다
내 안의 가을이 튀어 나온 것이다.

4

가족은 별이 되어
가슴속 주머니를 채운다

누룽지

납작하게 쭈그러졌다
긴 시간을 안고 업고
몸이 타는 아픔도 잊었다

도회지로 떠난 자리
홀로 지키고 선 외로움에
누렇게 타다 지쳐
혼신은 마비되어 굳지만

검은 무쇠의 눈물은
위로하듯 몸을 녹이고

다시 태어난 누런 속살은
태곳적
어머니의 끈적한 눈물이고
아버지의 한숨빛 거품이다

타다 잊은 퇴적물은 아닌 것을
단지, 마지막까지 받침이길 고집하다
달콤하게 녹은 희생의 선물일 뿐….

선물

어머니는 짜장면을 싫어하셨어
돼지고기와 친하지 않기에
언제나 눈으로만 드셨지

돼지 대신 닭가슴살과
춘장과 야채의 레시피로
어머니만의 짜장면을 선물했다

감동의 맛에 세 살 아이 되어
속은 전쟁을 치르면서도
한없이 드시는 아름다운 모습

어머니는 회를 싫어하셨어
감성돔을 통째 연탄불에 구워
치킨의 맛으로 창조하였던
어버이날 이브 파티 선물

우중에 고추 말뚝을 박고
용돈을 드리고 화투 쳐서 따고
다시 또 드리고 또 따고…

천진하게 웃는 당신의 모습
이제 남은 선물의 숙제는
울지 않고 어버이날 노래 부르기.

언니

귀찮듯 폰이 몸을 흔든다
김칫국물 마셔라
무조건 많이 먹어라
그래야 이겨 낸다

냉장고엔 온갖 반찬들이
빼곡히 비좁게 서 있다
엄마의 손길들이
미안토록 자꾸만 독촉한다

언제부턴가, 엄마가
시간을 넘어 다시 왔다
그 정성 그대로
언니의 몸으로 왔다

먹고 싶다 말을 흘리면
채 끝나기도 전에
칠성시장으로 서두른다

언니의 손은 요술을 부린다
아니 언니의 몸속엔
엄마의 손길이 춤을 춘다

겨우 힘든 병마를 이겨 내고
아직도 살얼음판 위를 허덕이면서
당신의 무거운 몸은 잊은 채

'뭐 해다 줄까?'

언제부턴가, 엄마가
잊었던 딸을 안으려 다시 왔다.

매미

개울물 흘러가는 소리로 꽃을 말리는 건
에어컨 바람에 섞인 고질적인 두통에서
솜사탕의 실처럼 풀리고 싶음에서이다

잠깐 연 창문 사이로 아침 바람이 기웃거리고
기울어진 조화로움은
지겨운 햇살을 찡그리기로 했다

세상의 근심을 주먹만 하게 뭉쳐 놓고
마지막 휴가 마치고 간 큰아들의 매미 소리는
거실 가득 남아
시끄러운 평화를 외치는데
이것저것 출근 준비에
몸은 습관처럼 움직여 소소한 늘 같은 아침이
유난한 마음 흔들어 흔들린다

힘든 어제의 시간은 떠났다
내일은 진녹색 물관을 찾을 거야
아니 이른 아침,
벌써 내게로 와 있었다

한 가방 태양을 채우고
뜨거운 삶의 냄새를 맞으러 가는 길
구름 계단을 오르던 매미 노래
드르렁드르렁
달팽이관에 매달려 따라나선다.

지팡이

담벼락에 기대어
따순 봄빛 채운다

호미 된 허리
햇살에 달구어 편다

열 발짝 걷다가
병아리 함께 하늘 마신다

밭고랑에 들면
손목 아픔, 허리 아픔
구름꽃 속으로 사라진다

다가오는 어버이날엔
명아주 지팡이 사 드려야지.

계란찜

새벽별 졸음을 쫓는 수탉의 긴 하품에
연분홍 동트임이 바쁘다

괜한 헛기침은 아직 더 자라고 토닥이는
아버지의 숨결이고
구름 숨의 향기는 아버지의 목소리였다
방 안 가득한 메주 냄새에 마비된 후각세포가
점점 이불 깊숙이 숨어들 때

한줌의 겨를 들고 닭장을 향하는 늘상의 아침
"알은 복덩이가 낳고 어째 니놈이 더 시끄럽노."
수탉의 벼슬을 훠이 훠이 쫓으며
따끈한 달걀을 꺼내온다

계란찜은 아버지 몫
반찬 투정에 울먹이면 한술 뜨는 시늉으로
살며시 내게로 밀치셨지
앗싸! 이제 계란찜은 내 몫이다

계란찜 원 없이 해 드리고 싶다
아버지의 숨 속에 안기고 싶어도
이젠 그 노란 황홀함 모두 다 드릴 수 있으련만
구름 숨의 향기를 잃어
드릴 수가 없는 것 또한 나의 몫이다.

엄마의 조끼

갈라진 고동색 틈새엔
쉼 없이 뜨개실이 스치고
엄마의 겨울 손은
요술 부리더니 도톰한 조끼를 낳았다

실타래는 남은 생명만큼 작아져
엄마의 걸음을 재촉하고
한 올씩 쌓이는 손길의 의미는
겨울을 녹이고 내 안의 난로를 지핀다

하얀 눈빛 퍼다가 꽃잎 올리고
장남의 곰이 달리고
막내의 토끼가 춤추고
나를 닮은 듯
하얀 새는 가슴 위를 날아오른다

엄마를 입고 있다
거친 손 내음, 가쁜 숨소리와 소모된 삶
흐뭇한 주름은 파도처럼
겨울을 밀고 봄의 기억을 외친다
눈물이 뜨겁다는 걸 알았다.

이쁘지 않아

납작하게 쭈그러졌다
긴 시간을 안고 업고
엉덩이가 타는 아픔도 잊었다

도회지로 떠난 자리
홀로 지키고 선 부뚜막에
누렇게 타다 지친 몸은 마비되어 굳지만
검은 무쇠의 눈물로
위로하듯 몸을 녹이고

다시 태어난 누런 속살은
태곳적, 어머니의 손끝 눈물이고
아버지의 한숨 빛 거품이다

타다 잊은 퇴적물은 아닌 것을
단지, 마지막까지 받침이길 고집하다
구수하게 녹은 희생의 선물일 뿐
삶은 이렇게 다음 세대를 위하는 것이라는 걸
낡은 구두로 보여 준 누룽지를 앞에 두고
선뜻 손이 가지 않는다
이쁘지 않아 던져 둔 꽃 다시 보기로 했다.

군고구마

식은 구들장이 기침을 하면
주섬주섬 아버지는
새벽을 걸치고 밖으로 나선다

아궁이 속 군불 눈으로 마시며
힘든 삶의 붉은 한 토해 내고
얼어붙은 장작 위에 첫사랑 기름 붓다 말고는
부질없다는 듯 부지깽이만 휘젓는다

하늘 끝 활활 불기둥 숲이
검붉게 지쳐 쓰러지고
당신의 가슴 빛으로 타다 아침노을만큼 쉬면
갈라진 손등의 고구마
숯불 속으로 던져 숨긴다

햇살이 눈 비비며 귀찮은 듯 마루에 걸터앉으면
하나 둘 턱 턱 던져지던 그을린 아버지의 삶들
뜨거워 울상 짓는 잔소리에
빼곡한 주름의 미소로 식혀 주며
검게 탄 숯덩이 속 노란 황금을 품고 살았다

이젠 겨울 숲으로 여행을 떠나고
낙엽들 잎맥으로 갈 길 바쁜 거리에
탄내 나는 고구마 향 흩날리지만

새벽 없이 아침이 오고
숯불 붉은 아궁이는 없다
아버지가 다 가져 가셨나 보다.

돌나물

연초록 육각수 머금고 봄을 아삭하게 하지만
아린 추억이 잉태되어 쓰다듬는 손길이 시리다

봄이면 돌나물 찾아
이 밭 저 밭을 헤매는 모습 안쓰러워
울 아가 눈앞에서 멀리 가지 말라시며
병마에 지친 천근의 발걸음으로
밭 언저리에 세상 어디에도 없는
돌나물 밭을 선사하셨다

다시 새 봄이 오고 아버님 미소를 빼어 닮은
애기 돌나물이 한 밭 가득한데
지친 등 토닥이며 웃어 주시던
그리운 목소리도 숨소리도
찬 꽃샘바람 타고 훨훨 날려 어디에도 찾을 수 없다

인자하신 모습 돌나물 잎에 숨고
그리워 애타는 마음은 그 위에 앉는다
작은 잎 한 잎 한 잎 모여질 때
응어리진 그리움이 햇살로 맺혀
손등을 적시는 촉촉한 기운은
아버님의 못다 푼 눈물인가 보다

하염없이 흘리고 마는
맏며느리의 뜨거운 눈물이 먼저 맞는다

봄이 와서 세상은 난리인데
아버님은 아직도 잔디 아래서 깊은 잠 주무신다
불러도 대답 없고
된장 끓이는 냄새에도 기침 소리 나지 않는다
애타고 먹먹한 마음이 마음으로 전해지는데
애꿎은 돌나물만 쓰다듬다 적신다

돌나물은
빛을 내며 마음을 밝히는 봄이고
미세먼지 자욱한 세상에 용기를 주는 고향이고
내 곁에서 언제나 응원하는 아버님이고
닳지 않는 제일 큰 유산이다.

인생 나무

나무는 아프다
바람이 흔드는 풍경 한쪽에 서 있기가
비가 내려 젖는 앞마당에 서 있을수록
상처가 덧나는 걸 안다

나무가 힘들다고 온몸을 떤다
떨켜 만들어 자식 다 떠나보내고
외로운 휘파람으로 하루를 견뎌도
네 계절 한 바퀴의 나이테를 두르며
떠나보내기에 익숙해지려고
하늘을 보는 것이다
그렇게 나무는 한 계절을 산다
그럼에도 또 한 계절을 준비한다

청상에 홀로 되신 어머니
자주 하늘 보고 중얼거렸다

우리는 구름 위에 앉으신 아버지께
우리 잘못을 고자질하는 줄 알았다
꿈에 찾아와 혼낼까 봐
가슴 두근거렸다

내가 나무 되니 알겠다
그때 하늘 향한 중얼거림이
좋은 곳에 가셔서 좋겠다고
남은 숙제 어서 마치게 하고
빨리 데려가 달라는 말이었다는 걸

나무는 아프다
인생도 힘이 든다
변하는 계절의 걸음에
빠르지도 늦지도 않게 따라가기가
힘든다
무릎 아래 자라는 아기 나무는
언제쯤 하늘을 볼 수 있을까.

햇살 커피

이랴이랴 어데어데
하루 종일 누렁이와 씨름한다

쟁기마저 지칠 때면
구름 그늘에 허리 내려놓고
미지근한 햇살 커피를 따른다

커다란 福 자가 그려진 커피잔
남은 복이 희미하다
글자는 주름이 되어 쟁기의 나이를 비웃는다

야속한 그늘이 비켜서면
지독한 인생의 쓴 커피에 흰 구름 두 스푼 넣고
휘휘 저어 단숨에 벌컥이며
하늘 잡고 일어선다

계곡 아래 흐르는 커피의 향이
금세 온몸 물들인다
누렁소와 친구 되어 노랫가락을 들려주고
이 고랑 저 고랑을 따라다닌 한 생애

이제, 커피잔도 나이 들었나 보다
보송이 덮은 이불 위로
훨훨 하얀 커피 춤추는 날이다.

* 아버님 산소에서.

어머니께

어머니는 밭에 가서 우셨나 보다
고추 따고 땅콩 뽑고
고구마 캐는 손이 너무 밉다고
아버지에게 보이기 부끄럽다고
한참을 밭 가운데 주저앉아
바람소리 내다 오셨다

먼 길
배고프면 안 된다고
맛난 거 많이 못해 줘서 미안하다고
억지로 한 숟갈 더 밀어넣던 손
손톱 밑에 자리잡은 까만 때를 파며
이젠 때가 떨어지지 않는다고
걱정을 숙인다
자식이 보내는 호강도
혼자서는 일없다며 밭으로 나가신다

오늘은 당신만큼이나
아버지가 그립네요

아버지가 필요할 땐
대신해서 우리가 친구 되고 남편이 되고
아들딸이 되어서 지켜 드리고
외롭지 않게 할게요

부디 건강하시고
오랫동안 우리들 곁에서
같이 웃고 같이 행복해 해요
사랑하는 어머니.

雪花(설화)

봄꽃 피지 않은 지루한 시간
존재마저 잊은 지 오래

욕심 품은 나무들이 외롭게 버티다가
낙엽 떠난 휑한 가지로
고래고래 소리 지르는 밤

밤새 하소연 듣다 세상 풍파 비웃듯이
복잡한 세상 보란 듯이
오로지 단색의 빛만으로 만발한다

가지마다 소복한 사연,
아들 등록금 마련하지 못한
푸른 대문집의 한숨 소리
취직하러 떠난 자식
소식 기다리다 목 길어진 과수원집 닭 울음소리
희디흰 꽃으로 피는 날이 온 것이다

오색 빛이 부러울까
향기 없는 꽃으로 시심을 천만리 유혹한다
피부에 흰 꽃을 피우고 선
나의 가지에 설화의 흔적이 남는다.

별아기

무한히 멀어져 가는 밤하늘을 떠돌다
마른 장작의 가슴에 내려앉아
가장 큰 눈빛의 점을 찍었다

두 팔로 안을 수 없는 차가운 빛
꺾이지 않는 꽃 숲을 지나
그림자 발자국으로 왔다

희망의 신을 신고 가슴을 두드려라
어떤 의미든 네 안을 채울 수 있다
빛이 없는 어둠에도 그림자는 선명한 염소 울음이다

힘없는 날갯짓은 바람에 날려
이리저리 떠밀리는 계절의 소임
갈 곳을 잃어 구름따라 떠난다
가장 밝은 빛으로 토닥인 자리에서
세상을 안아 주는 태양이 된다

언제나 심장의
작은 불씨 꺼트리지 않는
별아기의 어미가 되리라.

휘파람

봄바람에 새싹들이 태동한다
초록의 희망찬 용기는
겨울을 인고한 기특한 생명과
웅크리다 더 힘껏 뛰기 위한
에너지의 축적이기에
대지는 결코 막을 수 없었다

바람의 시련이 막아서지만
경건한 시작은 정신을 잡고
설레임은 걱정을 안고 시들지만
밀쳐낸 모니터에 질 수는 없다

무거운 한 발을 딛으면
자신감은 두 발 세 발을 이끈다
어두운 방 안의 커튼을 열고
닫힌 방문을 걷어 차고
연초록 잎들이 활개치는
봄의 공연장으로 출발이다

음의 기운을 양으로 바꾸고
쳐진 어깨에 물을 뿌리고

굳은 엉덩이를 흔들어 보자
비바람을 이기고
따가운 태양의 질투도 이겨 내고
닥쳐올 태풍도 넘어서자

갸날픈 연녹의 잎들이
누렇게 곡식 되어 자랑할 때
무겁던 발걸음은 하늘을 차고
어둡던 그림자는 하얗게 숨고
높은 구름에 어깨를 걸치며
휘파람도 불어 보자.

짜장면

외로운 짜증을 모았다가
주말이면 오는 아들 향해 칼춤을 추신다
연세는 희끗한 머리결에 숨기고
불을 뿜는 한 마디 한 마디
두릅나무 가시를 달았다

식성조차 독을 품은 듯
산해진미 흥을 잃은 지 오래고
돼지고기 소고기는 음식이 아니다
국민 음식 짜장면은 눈으로만 드시는 것
두 발의 고기만을 쳐다본다

어버이날 선물을 고민한다
누구나 먹을 순 있지만
어머니만 드실 수 없는 짜장면
닭고기와 왕새우와 야채을 넣어 볶고
처음 칼국수도 직접 밀어 보고
정성이란 색깔의 짜장면을 만든다

맛보다 정성으로
정성이면 맛도 외면하지 않는 것
그럴싸 중국집 분위기가 울린다

130

어머니가 드신다
짜장면을 드신다

짜증을 잊고 웃으신다
정성의 맛이 가슴으로 흘렀을까
웃는 모습이 주름골을 타고
짜증은 짜장의 향기로 가득하다

어지러운 주방의 평화에
성난 가시는 무뎌지고
힘든 준비를 잊게 했다
어머니가 웃는 것이 행복이다

짜장면을 처음 만난 아이처럼
어린이날처럼
입가의 검은 외롭던 흔적에
가슴엔 검은 눈물이 맺힌다

건강하세요
행복하게 해 드릴게요.

남쪽 나라

봄이냐고 물었다
봄이다고 말했다
비가 오냐 물었다
비가 온다 말했다

제주도의 봄엔 내가 없고
대구의 봄엔 아들이 없다
제주의 유채가 흔날릴 때
코로나는 대구의 하늘을 덮었으니

가족을 찢고
직장을 흐트리고
서먹한 친구의 마스크는
가로수도 외롭게 한다

아직 봄이냐고 물었다
아직 봄이다고 말했다
다행이다
엄마의 봄은
제주의 아들을 기다린다.

5

희망을 위해
어둠은 기도하고 있었다

처음으로 가는 연습

새벽은 내 안의 보석함에서 덜그덕거린다
어젯밤에 품은 해와 달
밤새 만들던 이슬의 투명함
낡은 골목에 굴러다니던 이야기를 오래
오래 지켜보던 가로등이 눈을 감는 시간
사랑이 가도 봄은 온다

빛이 빛의 등을 감싼다
태초에 바람이 있으라는 말씀에
손잡아 일으키던 하늘
밤의 시간을 잊고
망태꽃 가지로 뻗어 나가는 설렘을 밟으면
꽃잎따라 진 것은 붉은 청춘만이 아니었다

인위적으로 규정지은 의미들이
구름의 발에 밟혀 부스러지고
돌아서 일기장을 들추며
처음으로 가는 연습을 한다

거친 바람에 풀잎 자지러지며 울고
아버지 엄마는 소리 없는 그림자였다

존재의 들판에 풀꽃 되어 흔들린다
망태꽃 아래 가지만 남고
애타던 봄날은 꽃잎따라 떠나갔지만
사랑이 가고 오는 봄은 처음이라 부른다.

도도하다

코스모스 날개보다 하늘하늘한 손잡고
투명한 영혼에 기도한다
고운 손에 큰 주먹 들고
세상을 향해 푸른 춤추기를 시작한다

연분홍 꽃잎 얼굴은 따뜻함이 모이는 강
사랑의 미소는 뜻 모를 눈빛 설레게 한다
분수로 터지는 작은 하품에 가슴 뛰고
처음 맞는 숨소리에 산맥의 뿌리가 울린다

움츠린 발가락이 도도하다
얼마나 많은 세상을 뛰고
얼마나 많은 길을 찾을까
분홍 저고리 초록 치마 입은 코스모스 길을 따라
가을 수놓으며 노래하는 단풍나무 품에 안겨

빛이 있으라는 말로 만든 세상
자갈길을 만들어도 좋다
높은 하늘 끝없이 날아
도도하게 쥔 주먹 마음껏 휘둘러도 좋다.

희망

가을의 화려한 무게에 눌려
지친 얼굴이 일그러지면
높은 하늘을 탓하며
햇님에게 웃는 법을 물으리라

낙엽이 쓸쓸히 가슴을 훑고
눈가의 주름 사이로
고난의 이슬이 그림자 치면
찬 빗물에 씻어 보내리

못난 바람이 가을을 밀어내고
가슴속 아픈 기억의 고통을
버리고 잊고 싶을 땐
가을바람에 미련없이 날리고

초원의 숲을 흰 눈이 덮어도
가느다란 빛에 희망을 품으며
따뜻한 아지랭이로 피어올라
봄의 기억으로 살리라

가슴속에
하얀 싹을 틔우리라.

나비

미친 시련에 몸이 시든다
밤을 훔치는 쥐들처럼
쉼없이도 달리건만
어둠은 녹을 줄 모르고
빛은 먼 곳에 숨어 있다

세상은 고양이처럼
곳곳을 할퀴고 찢어내도
멈출 수 없는 운명에
핏소리 찍소리 신음마저
사치인 듯 하루를 버린다

쉼도 고통이다
하얀 서리에 앉아 명상을 한다

육신의 온도로 길을 녹이리라
식을 수 없는 열정으로
빛을 창조하리라

애초에
내 생애 봄꽃은 스스로 피어

빛이 찾아오고
나비가 찾았으니

골목을 나선다
이른 봄을 마중한다
식은 가슴에 입김을 분다
하얀 나비의 날갯짓은
지긋한 어둠을 덮는다.

탐라로 가자

끓는 태양을 마주보며
설레임 가득한 소녀의 가슴은
비행기를 쏘았다

이글거리는 뭍을 저어하며
이국처럼 따로 선
먼바다 탐라의 왕국으로

그곳은 나의 영역이다
나의 분신이 꿈을 펼치고 있는
둘로 가를 수 없는 하나의 땅

여행은 사진인가
카메라에 쌓다 보면
가슴에 담을 시간이 없다는데
사진은 카메라에
추억은 그의 가슴에 담기로

한 나라임을 부정하지 않는다
초유의 더위는
삼다마저 힘들게 한다

바람은 뜨거워지고
돌은 검게 익었고
여자는 그늘 뒤로 숨어 버리고

여행자의 먹잇감은 수두룩하다
태양도 더위도 막지를 못한다
시선이 멈추는 곳마다
탄성은 하나의 시가 되고
눈들은 바삐 그림을 그린다
이곳이라 볼 수 있는 것
이곳이라 느낄 수 있는 것
꼬깃꼬깃 접어 한 가방씩 메어도
결코 줄어들지 않는 자연에
욕심은 땀줄기 되어 흥건하다

어딘가를 묻지 마라
누구냐고 물어다오
소중한 내 안의 보물들과
신세계를 걸어왔다
부족함 없는 바다 위의 대지를
노래하며 걸어왔다

소풍을 떠난 비행기는
뭉기적이며 아쉽듯 돌아온다
태양이 진 그늘에 내려
탐라의 추억을 되뇌이며
새로운 날이 밝기를 또 기다린다.

가을비

갈대를 흔드는 가을바람은
서러운 치맛자락이다
분홍빛 코스모스 비추는
가을비의 처량함이었다

울지 마세요 그대
너무 아프지도 말아요
그리고
두꺼운 지층 아래 켜켜이 쌓인 계절은
잊어 버려요

가을비 울다 지치면
낙엽 내려와 거리를 덮고
파란 하늘은 세상 안으리니

단풍의 사랑으로 포개진 산과 산
깊은 어둠에 숨은 산골짜기라도
빨간 불로 밝혀질 것을…
빗방울에 속옷까지 젖어도 꺼지지 않는 불을.

반달 타기

조각배가 밤새 긴 항해를 한다
빙하 헤치고 작은 별의 호위 받으며
아무도 눈 뜨지 않은 새벽을 향해

나는 선장이 되었다
이유를 잊은 채
목적을 잊은 채
무거운 모자만 만지작이며
애써 수평선 끝을 응시한다

그림 속의 인물이 그랬다
달이 가는 게 아니라
구름이 가는 거라고
나는 멈춰진 것인가?
밤새 이층집의 기둥을 세우고
나만의 의미로 지붕을 덮는다
그래
구름도 가고 달도 가는 것이다

새벽이 오고 동이 트면
나의 항해는 끝이 날까

묵묵히 숨어 천공의 오솔길
소나무 그늘에 쉴 수 있을까

팔장 끼고 함께 걷던 구름도
천둥소리로 응원하던 별들도
발소리 잊지 않고 따라오겠지
다시 어둠을 받아들이며
내일은
또 작은 파도 큰 물결을 타야 할 테니….

바람의 열차

봄이 가려다 새소리에 망설이며
엷은 바람으로 꽃의 머리를 빗기고
초록의 잔치 아직도 한창인데
무거운 햇살은 유월의 문 앞에 서성인다
집 나온 지 오랜 바람의 걸음 둔탁하다

오늘도 세상 읽기에 망설인다
누군가 살며시 나의 열린 문
하늬바람 되어 닫아 주길 소망한다

오월의 바람 꼬리만 보인다
곳곳에 흩어진 추억 널브러져 자고
바람처럼 먼지처럼 발자국을 뿌리며
낯선 유월을 준비하라 한다

사계는 가고 또 오는 것이다
사랑이 지면 눈 내리고
눈 녹으면 또 꽃이 산을 덮는다

의자에서 일어서면
앞으로 가야 하는 장미꽃
뒤돌아볼 겨를 없이 유월로 가는 신작로
나의 시간 내려놓고 달아난 열차는
돌아오지 않는다.

푸른 의도

빗방울 사이에 숨을 수 있을까
젖으면 큰일이라도 날 듯 몸을 좁힌다

어제 죽은 누군가의
애달픈 눈물이 담긴 절박한 웃음이다
갈 곳도 기다림도 잊었지만
거센 바람에 푸른 의도는 뭉개진다
어찌 뜻대로만 살 것인가
때론 흔들려 섞이기도
또 하루는 너를 위해 살 수 있다고 생각했다

나의 왼쪽 어깨엔 늘 비가 내렸다
슬픔도 기쁨도 배워 버린
중년의 속은 장마처럼 흥건하다

빗속에 숨어 운다
눈물이 닳고 빛을 안으면
가슴에 작은 풀 한 포기 심어야겠다.

단풍의 기도

늘 푸르다고 뽐내는 나무들마다
오색의 꽃으로 아름답다
힘든 시간 달려온
내 생애 단풍도 눈부시다

시간이 시베리아 하강기류 따라
구겨진 구름길 열면
빛나던 단풍잎은 비가 되어 흩어진다

햇살의 틈에 쪼그리고 앉았던 유년이
생각의 푸른 바람에 떨고
떠나가는 낙엽의 그림자 사이
가지고 있던 나머지 희망이 시들었다

나뭇가지 앉은 세상
유혹의 단풍잎은 골목마다 떠도는데
아! 어찌 인생길도 아름답기만 할까?

낙엽은 어디선가 몸 썩혀 거름 되어
후엣날 새 단풍 위해 생명수로 나온다는 걸
누구나 알고 있기에

삶의 길이 나이테처럼 구불텅한데
내 몸에선
새 단풍 물들기에 충분한 생명수가 되었으면
하는 기도가 먼저 나온다
희망도 절망도 같이 가는 인생
녹색이 익어 붉은 생각을 펼친다.

담쟁이

벽 앞에 섰을 때 손 내밀었다
혼자 설 수 없다는 말로
손톱은 칼이 되어 벽을 찍고
상처는 목숨의 틈이 되었다

추락하는 절망의 늪엔
늘 천사의 줄기가 퍼져 있었고
어느덧 터진 손의 상처는 벽을 넘고 있었다

이 벽만 넘으면…

산발한 가지들이 물어왔다
웃고 있는지 울고 있는지
정상의 여유를 잊었다
쉼없이 엉덩이를 밀어 올리는
앞만 보고 가는 한심한 가지들은 알까?

담 너머엔
긴 낭떠러지가 별을 밟고
철학을 강의하고 있다는 것을….

새들이 돌아오는 길

숲은 덧칠하지 않아도 바람 붓에 짙어지고
강물은 반영된 나무 현이 되어
노래하며 끝을 향한다

구름의 눈물로 욕심 많은 생각을 두드리는 하늘
붉은 먼지 앉은 오거리에는
겨우 붙들고 있는 생명이 생각 주머니를
뒤집어 붉은 티끌을 씻는다

저마다 꿈을 좇는 촛불의 흔들림
쉼 없이 하소연도 사치였다
험한 매무새 여미지 못한 채
주림에 허덕이다 주춤하며
애끓는 침묵만 벌거벗기고 있다

불의 육신은 식을 줄 모르지만
욕망에 굳은 바위 심장은
깊은 숨 참으며
내뿜으며 먹을 걸 찾아 나선다

다시 돌아올 수 없는 길을 따라
불속에서 탄생하는 생명을 알고 있다
숲속 좁은 소리에 잠들 때쯤이면
향기로운 큰 나무 그늘 되어
새들도 다시 오는 길이었으면 좋겠다.

어둠의 낱말

어둠이 내리면
가로등이 모자를 벗고 고개 숙인다
무서운 길 밝히며 토닥이다
힘센 태양이 떠오르면
안심하고 잠자리에 들겠다

다시 또 어둠이 내려
가로등을 깨우는 두들김의 무한 반복
허나
잠이 든 나의 가로등은
깨어날 수 없었다

사랑의 세포는 많이 힘들었나 보다
어둠의 계절을 묻고 풀잎을 들기로 했다
풀잎의 푸른 불꽃으로 들을 밝히는 것이다.

사랑초

보랏빛 날갯짓이
가슴속을 유영한다
서로의 입술을 놓지 않고
터질 듯 부풀어 올라
온몸 가득 번져 물이 들면
무한의 사랑이 온다는
다정의 구애 소리 요란하다

그대를 볼 수 없다면
보라색 나비들의
놓을 수 없이 깨문 입술에
하소연의 눈물을 뿌리고
청아한 연녹의 줄기따라
이슬 되어 젖을 때면
잎 속에 숨은 그리움이 되리라

때론 도도한 빛으로
세상 가득 보라색 향기를 뿜어도
당신을 버리지 않는다는
약속의 그 맹세는
수줍은 꽃으로 승화되어 웃으며
다섯 손가락을 하늘에 이고
연분홍 언약을 한다.

섬세한 감동의 시를 꽃피우다

서정윤^(시인)

1. 감동의 시를 찾아서

21세기 들면서 한국의 시 창작 태도는 급변한다. 저항시의 근간을 이루던 민족문학작가회의 시인들이 민주화 선언과 그 뒤를 따라온 민주화 시대에 맞춰 이룩한 '신서정의 시'에 기존의 서정시, 순수시를 고집하던 시인들도 다 함께 통합하는 시를 발표하고 있으며 최근 나오는 시들은 이념이나 주제보다는 그 방법과 표현의 우수성을 잘된 시임을 입증하는 척도로 삼고 있다. 다시 말하면 미학주의로의 편향적 자세가 그 하나이고 또 하나는 퇴조되고 있는 사회적 상상력의 복원이다. 이것은 곧 참여문학적 편향으로의 복고를 말한다. 물론 환경문제를 다룬 참여는 여전히 그 자세를 유지함은 물론이다.

이러한 다양성의 시대에 서정시의 행보는 주체의 자기표현을 극대화하고자 하는 욕망을 적극 경계하면서 사물과 시간을 결합하려는 이중적 소묘 기법을 확연히 드러내고 있다는 점이 특징이다.

이는 서정시에서의 서정과 묘사의 통합을 말하기도 하겠지만 그렇다고 그것이 동일성의 형상적 원리인 은유를 배타적으로 함의하는 것은 아니다. 이 시대의 서정시는 결국 동일성을 통한 정신과 자연의 주관적 결합을 주창한 헤겔에 의하면 "객관적인 실재나 이를 구체적으로 묘사하는 것이 아니라 외적인 것이 마음속에서 일으키는 반향과 그에 의해 일어나는 정조, 자각적인 감정"에 의해 구성되는 그 어떤 것으로 보아야 한다. 이것이 사물의 현상을 재현하면서도 주체가 화자의 경험과 기억의 축적을 통해 물리적 기간을 덧씌우는 '이중적 소묘' 작업의 완성이라고 하겠다.

하지만 이런 이론적 수용은 결국 시는 시 대로 저만큼 다른 길로 가 버리고 거기에 따라가지 못하는 시인들과 수많은 독자들은 저멀리 다른 곳에서 아직도 자기들끼리의 낱말잔치로 살고 있다는 말이 되겠다. 그런데 우리는 여기쯤에서 작금의 시작태도, 곧 '신서정의 시'에 대해 다시 한 번 생각해 봐야 할 필요가 있지 않겠는가.

수없이 양보를 한다고 해도 독자를 외면하고 소수의 고급 독자만 수용한다는 오만에 빠져 시를 일부 개인들의 전유물로 전락시키는 상황이 되어 있는 건 잘못되어도 한참 잘못되었다는 생각이다. 이것은 시에 필요한 기교를 외면하라는 말이 아니라 무슨 말인지 알 수 없는 '낯설게 하기'나 개인적 상징에 빠져 의도적으로 어렵게 만들어 자기가 무슨 지적 상류층이라는 선민의식에 빠져 있는 시인과 자기도 모르는 단어의 조합으로 슬그머니 그 상류층에 발을 밀어넣으려는 기회주의 시인까지를 우리는 과감히 버려야 할 시대에 와 있다고 봐야 한다.

시가 어려워야 할 이유는 전혀 없다. 단지 새로운 표현이 있을 뿐이다. 그러면 독자가 어렵다고 하는 시는 숙달되지 않은 새로운 표현으로 인함이다. 우리는 그 새로움을 위해 낯설게 하기를 하는데 대부분의 시인들은 하나의 사물을 형상화하는 과정에 이 낯설게 하기를 적용하고 있다.

요즈음 시를 쓴다고 하는 사람들을 보면 이 '낯설게 하기'를 무조건 신봉하는 맹신도처럼 찾아다니고 있다. 낯설게 표현해도 그것이 성공한 낯설게 하기인지 실패한 낯설게 하기인지 구별하지도 않고 마구 발표하는 것을 본다. 이렇게 해서 독자들은 시에 등을 돌리고 그러면 시인은 독자의 수준을 탓하는 악순환이 반복되고 있다.

시에서 비유나 묘사로도 충분히 새로운 형상화를 만들 수 있다. 나만의 비유를 찾는 노력이 필요한 때이다. 문문자의 시를 보면 그 답을 찾을 수 있다. 낯설게 하기에 대한 의도적 행태가 없다.

갈대를 흔드는 가을바람은
서러운 치맛자락이다
분홍빛 코스모스 비추는
가을비의 처량함이었다

_〈가을비〉 부분

'가을바람은 서러운 치맛자락'이라고 비유했다. 치맛자락의 서러움을 느껴 본 사람이 얼마나 될까. 시인은 치맛자락에 소박한 서러움을 펄럭인 것이다.

시에 임하는 태도가 소박하다고 탓할 사람은 아무도 없다. 일반적으로 시를 읽고 감동하기까지 독자들은 자신의 과거를 소환하는 작업을 한다. 곧, 시에 나와 있는 구절 혹은 장면이 자신의 과거에 닿아 있어야 비로소 가슴 한가운데서 찡한 무엇이 올라온다는 말이다.

표제시 〈처음으로 가는 연습〉을 보자.

새벽은 내 안의 보석함에서 덜그덕거린다
어젯밤에 품은 해와 달
밤새 만들던 이슬의 투명함
낡은 골목에 굴러다니던 이야기를 오래
오래 지켜보던 가로등이 눈을 감는 시간
사랑이 가도 봄은 온다

빛이 빛의 등을 감싼다
태초에 바람이 있으라는 말씀에
손잡아 일으키던 하늘
밤의 시간을 잊고
망태꽃 가지로 뻗어 나가는 설렘을 밟으면
꽃잎따라 진 것은 붉은 청춘만이 아니었다

인위적으로 규정지은 의미들이
구름의 발에 밟혀 부스러지고
돌아서 일기장을 들추며
처음으로 가는 연습을 한다

거친 바람에 풀잎 자지러지며 울고
아버지 엄마는 소리 없는 그림자였다
존재의 들판에 풀꽃 되어 흔들린다
망태꽃 아래 가지만 남고
애타던 봄날은 꽃잎따라 떠나갔지만
사랑이 가고 오는 봄은 처음이라 부른다.

_〈처음으로 가는 연습〉 전문

'사랑이 가도 봄은 온다'든가 '거친 바람에 풀잎 자지러지며 울고/아버지는 소리 없는 그림자였다/존재의 들판에 풀꽃 되어 흔들린다'에서 시인은 돌아가신 아버지에 대한 절절한 그리움을 적었다. 낯설게 하기가 '새벽은 내 안의 보석함에서 덜그덕거린다', '의미들이/구름의 발에 밟혀 부스러지고'처럼 군데군데 나타나고 있지만 독자를 외면하지 않고 충분히 시적 형상화가 이루어져 있다. 자신의 내면을 솔직하게 표현하고 있다.

2. 그리움을 꽃피우다

한용운 시인은 시집 「님의 침묵」 시인의 말에 해당하는 〈군말〉이라는 시에서 '기룬 것은 다 님이라'라고 썼다. 여기에서 '기룬'이라는 말에 주목할 필요가 있다. '기룬'은 그립다는 말인데 사실 이 그립다라는 단어는 '(어떤 사람이 다른 사람이나 장소가) 만나고 싶거나 보고 싶은 마음이 애틋하고 간절하다.'는 뜻을 가지고 있다.

우리는 그립다는 말을 너무 쉽게 알고 있는 것은 아닌가. 흔히 막연하고 애틋하며 감상적인 사랑의 감정을 그리움이라 생각한다. 그렇다면 위의 한용운의 '님'은 쉽게 설명되어지지 않는다. 이니, 너무 쉽게 설명되어 시 전체가 감상적인 연애시가 되어 버린다. 어쩌면 이 그리움이라는 개념은 한용운 시의 핵심에 닿아 있는 말이다. 그것에는 그의 정신적 지향과 사색의 깊이가 몽땅 들어 있다.

이렇게 생각했을 때 그리움이라는 단어를 통해 나와 세계(그리움의 대상)와의 관계가 밝혀지는 것이 아니라 오히려 반대로 나와 세계와의 관계가 이 그리움이라는 단어의 정체를 밝혀 준다고 할 수 있겠다. 이렇게 그리움은 아이러니하면서도 복합적이어서 내포가 풍부한 말이며 굉장히 시적인 개념이라고 할 것이다.

문문자의 시도 이 그리움에서 출발한다. 한용운의 그리움이 항상 어떤 대상에 대한 복종과 예속을 함께하고 있다면 문문자의 경우는 그 반대이다. 문문자의 그리움은 대상으로부터 벗어남을 수반한다. 한용운이 궁핍의 시대에 결핍을 채울 어떤 대상을 간절히 갈구했음에 비해 문문자는 반대로 넘쳐나는, 그래서 벗어나고 싶은 욕망의 시대에 살고 있기 때문이다.

노란 국화 익은 길 물결로 그려지고
잠자리 날다 조는 들판이 출렁인다
어느새 가을이란다
먼 하늘이 말해 주네

무덥고 힘든 시간 지나면 그만인데
다시는 갈 수 없네 내 젊은 청춘 시절
가을은 어서 오라고
유혹하며 부르네

장미빛 꿈을 꾸던 소설 속 하많은 날
해 지는 가을 되니 보기만도 물이 들고
그대가 왔다 갈수록
내 인생이 가을이네.

_〈가을이 온다〉 전문

어머니는 밭에 가서 우셨나 보다
고추 따고 땅콩 뽑고
고구마 캐는 손이 너무 밉다고
아버지에게 보이기 부끄럽다고
한참을 밭 가운데 주저앉아
바람소리 내다 오셨다

먼 길
배고프면 안 된다고
맛난 거 많이 못해 줘서 미안하다고
억지로 한 숟갈 더 밀어넣던 손
손톱 밑에 자리잡은 까만 때를 파며
이젠 때가 떨어지지 않는다고
걱정을 숙인다
자식이 보내는 호강도
혼자서는 일없다며 밭으로 나가신다

오늘은 당신만큼이나
아버지가 그립네요

_〈어머니께〉 부분

문문자의 시에는 그리움이 햇살처럼 펼쳐져 있다. 어디를 열어도 어느 구절을 읽어도 그리움이 새싹처럼 얼굴을 내밀고 있다. 시인은 심장에 커다란 공간을 만들어 이 그리움을 절여 두었다가 충분히 곰삭았다고 느꼈을 때 시로 형상화하는 것이다. 그래서 문문자의 그리움에는 풋내가 나지 않고 푹 익은 젓갈 맛이 나는 것이다.

3. 독자와 손잡는 시

앞에서 말한 바와 같이 시가 어렵고, 독자가 외면하는 것의 책임은 시인에게 있다고 하겠다. 1987년 필자가 첫 시집을 낼 때 3,000부를 찍었다. 그 당시는 다 그랬다. 아무리 무명시인이라고 할지라도 3,000부는 인쇄해서 서점에 펼치고 지인들과 나누던 시대였다. 그 당시는 다들 시집 한두 권은 가지고 다니던 시대였다. 가까운 친구에게 혹은 군대 간 애인에게 시집을 선물하는 것은 흔한 일이었다.

그런데 요즈음은 어떤가? 아무도 시집을 선물하지 않는다. 왜 그런가를 곰곰이 생각해 보니 그중 한 이유가 시를 읽고 감동하지 않기 때문이다. 시를 읽고 내가 감동해야 너도 읽어 보라고 권하기도 하는데 내가 읽어서 무슨 소리인지 모르겠는데 너에게 권하겠는가 말이다. 한마디로 낯설게 하기다 뭐다 하면서 시가 너무 저 혼자 다른 길로 가 버렸기 때문이다.

하지만 문문자의 시들은 독자의 한가운데 서 있다. 그의 정서는 낯설지가 않다. 그러면서도 충분히 신선하고 긴장감을 유지하고 있는 장점이 있다. 이 시들을 읽고 이것은 무슨 의미인가를 고민하게 하지 않는다. 한 번 읽으면 그 의미가 바로 와 닿는다. 그리고 다시 한 번 읽으면 그 속에 숨어 있던 더 큰 의미가 와서 독자의 심금을 울리는 것이다.

이랴이랴 어데어데
하루 종일 누렁이와 씨름한다

쟁기마저 지칠 때면
구름 그늘에 허리 내려놓고
미지근한 햇살 커피를 따른다

커다란 福 자가 그려진 커피잔
남은 복이 희미하다
글자는 주름이 되어 쟁기의 나이를 비웃는다

야속한 그늘이 비켜서면
지독한 인생의 쓴 커피에 흰 구름 두 스푼 넣고
휘휘 저어 단숨에 벌컥이며
하늘 잡고 일어선다

계곡 아래 흐르는 커피의 향이
금세 온몸 물들인다
누렁소와 친구 되어 노랫가락을 들려주고
이 고랑 저 고랑을 따라다닌 한 생애

이제, 커피잔도 나이 들었나 보다
보송이 덮은 이불 위로

훨훨 하얀 커피 춤추는 날이다.

* 아버님 산소에서.

_〈햇살 커피〉 전문

  밥그릇에 적혀 있는 福(복) 자가 희미해진 이유를 생각하게 하고 다시 한 번 읽어 보면 내 아버지의 일생과 힘겨움, 그리고 자식 사랑이 소나기처럼 쏟아지는 것을 느낄 수 있을 것이다.
  다른 시를 보자.

나이든 경운기로 작은 산맥 만들고
괭이 허리 펴지도록 굵은 흙덩이 다듬고
가는 흙 보듬어
붉은 고춧골에 검은 비닐 입히고
초록 생명 토닥이며 앉히면
큰 밭에는 지친 평화 찾아오고
당신께선 허리 들어 하늘 본다, 이렇게
한 해가 간다고

'자식들 좀 편히 쉬었다 가야지
어떻게 어머니가 고생만 시키려 하세요.'
그저 물 한 모금에 타 마시고
'그래도 있을 때 이것도 좀, 저것도 좀….'
눈치를 살피다 멋쩍게 웃는다

어머니가 웃는다
따라 웃다 보니 가슴이 아파 또 웃는다.

_〈웃는 이유〉 부분

연만하신 시어머니는 이제 지금까지 관리해 오던 밭을 감당할 수가 없어 아들과 며느리가 쉬는 주말에 와 주기만 기다린다. 그렇다고 묵힐 수도 없다. 마음이 애달파서 무엇이든 심어야 했다. 그런 시어머니가 못마땅하지만 그래도 농촌에서 잔뼈가 굵은(아니 어렸을 때는 전혀 일을 안 했을 것이다) 시인은 즐겨 내려가서 일을 한다, 투덜대지만….

심지어 〈콩작〉, 〈고추〉, 〈고구마〉에서는 조선시대부터 내려오는 민요인 〈농가월령가〉 같은 농사꾼의 삶과 애환이 담겨 있다. 직접 농사를 짓지 않은 사람은 알지 못하는 부분도 세밀하게 묘사하고 있다.

> 화려하게 치장한 사람들도
> 속은 부실할 수 있듯
> 줄기 왕성한 고구마는
> 뿌리에 그 영광 나누지 않는 법
> 반비례의 법칙을 가르친다
> 우주 자연은 참 공평하다
>
> 한 밭 고랑을 차지한 넝쿨의 집단은
> 아낙네의 손길을 바쁘게 한다
> 살 오른 줄기 껍질 까고 삶아 무치면
> 달지도 쓰지도 않은 삶의 맛이 담기고
> 소소한 행복에 감사히 살라 하는
> 입에서 나오는 것도 조심하라는
> 선한 진리의 향기를 전한다.
>
> _〈고구마〉 부분

잎이 무성하면 콩알이 잘 크지 않아
듬성듬성 따내고
따낸 콩잎은 개켜서 반찬도 한다
버릴 게 하나 없다

콩이 무르익어 타는 햇볕에 톡톡 벌어져 튀면
농부의 마음은 애가 타 콩 뽑기에 바쁘고
망을 깔고 한곳에 모은다

_〈콩작〉 부분

4. 여자의 섬세함을 살리다

  문문자의 시를 읽으면 여자라는 것을 금방 알 수 있다. 시의
형상화에서 남자 시인들에 비해 떨어지지만 그 희소성으로 인
정해 주던 초기 문단의 여류시인으로서의 여성이 아니라 그 소
재를 차용함에 있어서 여성성이 돋보인다는 말이다.

  곳곳에 나오는 꽃을 노래한 시라든가 나물에 관한 시, 또 화장
에 관한 시가 그것이다. 하지만 시인은 이것들을 세밀한 관찰과
묘사로 선명하게 형상화하고 있다. 가깝고 흔한 소재를 시로 형
상화할 때 특이한 소재를 시로 쓸 때에 비해 더 힘들다는 것은
자명의 사실이다. 그래도 시인은 잘 소화해 내고 있다.

노란 복수초 꽃이 평화를 잃을 때면
피할 수 없는 손가락 마디마디
가시덩굴 붉은 들판에 흰 뼈로 버려질 수 있겠다

세상 가시에 찔린 상처

햇살 찍어 붙이고
가슴속 날 세운 낱말 더미
수선화에 엉겨붙는 연약함을 채찍질한다

_〈나에게〉 부분

하얀 백합에 싸여
티 없이 살려는 착각에 쉬이 다 내어 주고
퍼주고 되돌려 주니 손엔 주름만 자글하다

돌아보니 질경이 인생이었다
밟힐수록 더 강한 용기로
잘릴수록 더 힘껏 고개 들어
폭풍에도 꺾이지 아니했다

이 또한 착각인가
질경이는 한낱 꿈이었나 보다
미풍의 흔듦에도
금방 뽑히고 시들어 여린 잡초로 허덕인다

_〈불사의 꽃을 사랑하다〉 부분

자신의 사랑을 지키고자
다시 태어난 슬픈 공주의 꽃
님 계신 곳 바라보려
잎은 북쪽으로만 들고 있다

언뜻, 목련꽃 향기 스쳐
못잊을 아픈 기억에
어설픈 봄바람이 밉다

아직도 목련나무 아래엔

쓸쓸히 줄담배 피며

떠난 님의 뒷모습에 무너지던

고개 숙인 남자가 있다.

_〈목련화〉 부분

시집의 여기저기에 여자임을 보여 주는 시들이 죽순처럼 올라와 있다. 하지만 꽃의 화려함이 아니라 여인의 섬세하고 가녀린 심정이 소박하게 형상화되어 있다. 내가 이만큼 아름다우니 당신들은 박수나 쳐라가 아니라 세상의 수많은 아름다움을 앞장세우고 자신은 그 뒤에 숨어 수줍게 따라가는, 산골 개울물 같은 삶을 보여 주고 있다.

5. 시에서의 과제

시집을 묶는 것은 지금까지 쓴 것을 정리하고 다시 처음으로 돌아가서 초심으로 쓰겠다는 다짐인 것이다. 그런 의미에서 문문자 시인에게 앞으로는 이런 점들에 대해 관심을 가지고 시 작업에 임하라고 당부하고 싶다.

첫째는 남들 다 할 수 있는 생각의 틀에서 벗어나라는 말이다. 남들 다 생각할 수 있는 것을 적으면 신선함이 떨어진다. 남들이 어렴풋이 생각해도 글로 형상화하지 못한 것을 형상화해 내는 능력도 훌륭하다 하겠다. 이런 것은 시인이 제일 먼저 갖추어야 할 무기인 것이다.

둘째로 세밀한 관찰은 시에 생명을 불어넣는 일이다. 차를 타고 지나가며 산을 보는 것과 직접 발로 산을 걸으며 보는 것은 그 섬세함이 다르다. 아울러 서서 보는 것보다 앉아서 대상과 눈높이를 맞추어 관찰하면 그 생명력 면에서 엄청난 차이가 있다.

셋째로는 뭔가를 말하려고 하지 않는 시. 독자에게 내 생각을 강요하려 하지 않는 시가 좋은 시이다 아침에 '일찍 일어나는 새가 벌레를 잡는다'는 말에는 일찍 일어나야만 한다는 강요가 담겨 있다.

하지만 이렇게 강요하기보다는 그런 상황을 형상화하는 것이 더 독자들에게 부드럽게 다가갈 수 있다는 말이다. 그러니까 이런 점이 미흡하다는 말이 아니라 앞으로의 시작업을 하는데 관심을 가지고 창작에 임하라는 말이다. 물론 40년 시를 써 온 본인도 잘 안 되는 일이긴 하다. 그러니까 본인도 이루지 못한 것을 제자에게 기대를 걸어 본다는 말이다. '청출어람'이라는 말도 있지 않은가.